KB072794

THE OMNIPOTENT
BRACELET

전능의 팔찌 2부 5

김현석 현대 판타지 장편소설

초판 1쇄 찍은 날 § 2024년 2월 16일
초판 1쇄 펴낸 날 § 2024년 2월 23일

지은이 § 김현석
펴낸이 § 서경석

총괄팀장 § 황창선
편집책임 § 양준
디자인 § 스튜디오 이너스

펴낸곳 § 도서출판 청어람
등록번호 § 제387-1999-000006호
등록일자 § 1999. 5. 31
어람번호 § 제1-3224호

본사 § 경기도 부천시 부일로 483번길 40 서경B/D 3F (우) 14640
편집부 § 서울특별시 구로구 디지털로 272 한신IT타워 404호 (우) 08389
전화 § 02-6956-0531 팩스 § 02-6956-0532
http://www.chungeoram.com
E-mail § chungeorambook@daum.net

ISBN 979-11-04-92507-8 04810
ISBN 979-11-04-92499-6 (세트)

전능의 팔찌 2부

THE OMNIPOTENT
BRACELET

목차

5권

Chapter 01

—

이거 치매 온 거야냐?

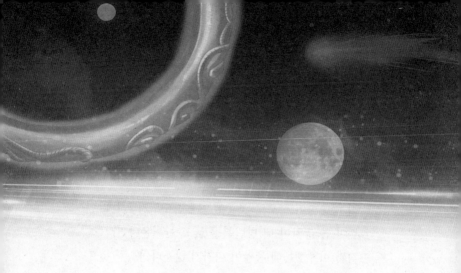

"네? 뭐를 깜박해요?"

"방산비리에 연루된 놈들을 잊고 있었어!"

다음은 방산비리 중 일부이다.

잠수할 수 없는 잠수함	1조 2,700억 원
총알을 막지 못하는 방탄복	2,700억 원
총알이 안 나가는 소총	4,485억 원
고속주행 못하는 고속함	1조 8,000억 원
해상인명구조 못하는 구조함	2,600억 원
작전수행 못하는 헬리콥터	1조 3,000억 원

이밖에도 아주 다양하게 많다. 거의 백화점 수준이다.

이걸 보면 일반 공무원이나 정치인들만 비리와 연루되어 있는 것이 아니라는 것이 너무도 확실하다.

그런데 방위산업과 관련된 비리는 일반적이지 않다.

— 적 구축함이 함포로 조준했는데 잠수되지 않는다면?
— 적이 쏜 총알이 내 방탄복을 뚫고 들어온다면?
— 적과 마주했는데 총알이 나가지 않는다면?
— 고속으로 도망가야 하는데 배가 나가지 않는다면?
— 바다에 빠진 사람들을 구조해야 하는데 그럴 수 없다면?
— 적 잠수함을 발견했는데 공격할 수 없다면?

모두 목숨, 그리고 국가 안위와 관련된 일이다. 그럼에도 어둠 속에서 도둑질하는 놈들이 있다.

액수도 적지 않을 뿐만 아니라 치명적이기도 하다. 이는 적을 이롭게 하는 행위이니 '내부의 적'이라 할 수 있다.

그런데 군 형법에는 뇌물수수 관련 조항이 없어 '3년 이하의 징역이나, 700만 원 이하의 벌금형'만 가할 수 있다.

솜방망이 처벌만 가능한 것이다. 참으로 한심한 일이다.

이실리프 제국에선 이런 일이 일어난 적도 없고, 일어날 일도 없으며, 일어날 것이라 생각하는 사람도 없다. 그럼에도 방산비리와 관련된 처벌조항만은 시퍼렇게 살아 있다.

누구든 방위산업과 관련된 비리에 연루되면 관계자 전원에게 데스봇 8단계를 투여하며, 재산몰수 후 직계가족 전부 전원 국외로 추방한다.

데스봇 레벨8이면 온몸이 불에 타는 듯한 고통을 매일 4시간 간격으로 30분씩 느끼게 되는 것이다.

엄청 두려울 것이다. 허나 그보다 더 두려워하는 건 가족들이 국외로 추방되는 것이다.

이실리프 제국에 편입되지 못한 국가들의 공통점은 범죄율이 엄청나게 높다는 것이다.

이중 딱 한 나라만 예외이다.

한반도 남쪽에 자리잡은 나라는 전혀 다른 이유로 제국에 편입되는 영광을 누리지 못했다. 특정종교 광신자 비율이 너무 높아서 제국의 일원이 되지 못하였다.

어쨌거나 제국의 영토에서 쫓겨나면 그 즉시 수많은 사람들의 사냥감으로 전락하게 된다.

한번 추방되면 어떠한 경우에도 제국에서 보호하지 않음을 알기 때문에 마치 아귀다툼을 벌이는 것처럼 추방된 사람들의 뒤를 쫓는다.

어리거나 젊은 여자들은 100% 성노예로 팔려가고, 나이든 여자들은 농촌이나 식당에서 죽도록 일하게 만든다.

남자들 역시 죽을 때까지 노동력을 제공하는 노예가 된다.

가학적인 주인을 만나면 거의 매일 얻어터지는 삶을 살기도 한다. 추방 즉시 안락함과는 영원히 멀어지는 것이다.

현수가 잠자다 벌떡 일어난 것은 방산비리를 저지른 놈들 때문에 병사들이 목숨을 잃는 꿈을 꾸었기 때문이다.

이 대목에서 주의할 사항이 있다.

현수는 수면 중 현대의학을 학습하고 있다. 동시에 한의학 지식 또한 주입되는 중이다.

두 가지가 동시에 이루어지는 중인 것이다.

그럼에도 그와 별도로 꿈을 꾸었다. 이는 의식이 적어도 셋 이상으로 나뉘어져 있음을 의미한다.

현수의 아이큐는 2,500 정도이고, 뇌세포는 거의 모두 활성화된 상태이다. 그리고 바디체인지를 거듭하는 동안 노화 유전자의 기능이 완벽하게 제어되어 있다.

그렇기에 세포가 거의 노화되지 않는다. 그래서 이제 막 발생기를 끝낸 청년처럼 싱싱한 뇌를 가지고 있다.

어쨌거나 아이큐는 높고, 뇌는 어떠한 연산이라도 즉시 해낼 만큼 활성화되어 있는 상태이다.

그런데 의식과 무의식이 각기 하나라는 건 일종의 낭비이다. 그래서 한꺼번에 두 가지 이상을 심각하게 고려할 수 있듯 무의식도 최하 2개 이상으로 나뉘어 있다.

무협소설로 치면 무당파의 양심신공(兩心神功)이 저절로 생겨난 것이다. 그런데 그 활성도가 대단히 놀랍다.

정작 현수 본인은 모르지만 하나의 무의식은 엄청난 속도로 현대의학과 한의학 지식을 섭렵하고 있다.

다른 하나는 마나심법을 꾸준히 유지하도록 하며, 휴먼하트를 관리하고 있다.

그리고 또 다른 의식은 평상시 관심분야에 걸쳐져 있다. 다섯 가지가 동시에 이루어지는 중이다.

"에고, 제가 누굽니까? 그놈들도 다 명단에 있어요."

"그래? 어떤 처벌이지?"

"방산비리는 나라를 팔아먹은 것과 맞먹지요. 그래서 데스봇 레벨 8을 투여하도록 했어요."

"그거 하루에 작열감을 6번 느끼는 거지?"

"넵! 그게 투여되면 죽고 싶어도 죽지 못하게 하니 진짜 죽을 맛일 거예요."

말이 조금 이상하기는 하지만 알아들을 수는 있다.

살아 있으니 죽음보다 더한 고통을 느끼는 것도 사치라는 뜻이다. 그렇기에 현수의 고개가 끄덕여진다.

"그래! 그놈들은 그런 처벌도 아깝지. 참, 도로시! 지금 당장 내 뇌(腦) 좀 점검해 봐. 치매가 오는지 자꾸 깜박깜박 하는 것 같아."

"에? 말도 안 돼요. 폐하가 어떤 분이신데. 잠시만요…!"

말이 잠시지 시간은 3초밖에 안 흘렀다.

"거봐요, 이상 없으세요. 새로운 마나호흡 때문에 잠시 과부하가 걸렸던 흔적이 있는 걸 보면 그것 때문인 거네요."

심장에 서클을 만드는 건 쉽지 않다.

그것만으로도 엄청난 뇌력(腦力)이 소모되는 일이다. 그렇기에 마법사 되는 게 쉽지 않은 것이다.

그런데 현수는 휴먼하트까지 있다.

지구 자기장에 자신을 맞추는 일종의 편차 조종작업을 하면서 이것과 일체의 간섭도 없는 새로운 서클을 만드는 일이니 상상을 초월할 뇌력이 요구된다.

아마 슈퍼컴퓨터 못지않은 연산일 것이다. 그래서 아이큐가 2500 정도인 현수의 뇌조차 과부하가 걸린 것이다.

현수는 무의식중에 연산우선권을 서클 생성에 두었다. 하루라도 빨리 서클을 이루어야 한다는 중압감 때문이다.

그걸 도로시가 발견한 것이다.

"주무세요! 폐하의 뇌도 쉬어야 한답니다."

"끄응! 알았어."

"네! 제가 수면 상태로 유도합니다. 하나, 둘, 셋~!"

쿠우울~!

현수는 다시 수면 상태로 들어갔다. 꿈에서 방산비리를 저질렀던 놈들을 찾아서 징벌하는 모습을 보았다.

그런데 데스봇8이 아니라 다른 처벌이다.

발끝부터 1㎝ 간격으로 잘라내는 '작두형'을 당하며 비명을 지르는 모습이었다. 그로데스크(Grotesque)한 모습이었지만 담담한 시선으로 바라보았다.

그들의 고통을 안타까워하거나 불쌍히 여길 하등의 이유가 없기 때문이다.

*   *   *

"어이, 박씨! 여그 자네 찾는 손님 오셨네."

서울역 앞 노숙자 하나가 박근홍을 보며 웃는다.

그런데 앞 이가 하나도 없다.

술 먹고 비틀거리다 계단에서 구르는 바람에 몽땅 부러졌는데 새로 해 넣을 돈이 없어 그냥 산다.

이가 없어서 그런지 웃을 때마다 조금은 모자라 보인다.

한편, 안쪽에서 잠을 청하던 박근홍은 대번에 신경이 곤두선 듯한 표정으로 반문한다.

"네…? 누가 날 찾아요?"

말을 하며 도주로를 새삼 확인한다.

㈜까사의 몇몇 거래처 사장들은 박근홍이 쫄딱 망해서 노숙자 생활을 한다는 걸 믿지 않는다.

어딘가에 평생 먹고살 만큼 감춰놓고 일부러 노숙자 코스

프레를 하는 것으로 여기고 있다.

그렇기에 수시로 찾아와 괴롭히곤 한다.

처음 몇 번은 정말 미안한 마음에 계속 굽신거리며 양해를 구하고, 돈을 못 준 것에 대한 사과를 했다.

이런 일이 몇 번이나 반복되는 동안 거래처 사장들의 거들먹거림은 점점 도가 심해졌다. 마치 조선시대 노비를 대하듯 그렇게 함부로 말을 하며 툭툭 치곤했다.

박근홍은 제대로 먹지도 못하고, 나날이 쇠약해지는 상황이라 그것도 제법 큰 충격이었는데 상대는 괜한 엄살을 부린다며 점점 더 세게 친다.

그들이 가고 나면 최씨가 충고를 했다.

"박씨! 왜 맞고만 있어? 그만큼 사과했으면 되었지. 이제 저놈들 나타나면 슬그머니 숨어 있게. 내가 따돌릴 테니까."

"그래도 어떻게 그래요?"

"내가 박씨를 가만히 두고 봤는데 그만하면 되었어. 진짜 없어서 못 주는 거잖아. 안 그래?"

박근홍이 거래처 사장이었던 놈들에게 하는 걸 가까이서 다 지켜본 모양이다.

"내가 보니까, 저놈들은 그냥 행패 부리러 오는 거야. 지들 스트레스 풀러 오는 거라고! 그러니까 놈들이 나타나면 바로 숨어, 내가 신호해 줄게. 알았지?"

그날 이후 최씨는 늘 근홍의 앞 쪽에 머물렀다.

중학교 교사였는지라 최 선생이라고도 불리는 이 사람은 아내가 바람나는 바람에 노숙자가 되었다.

어느 날, 수학여행 인솔교사로 집을 떠났다가 귀가해 보니 한 번도 보지 못했던 사람들이 살고 있었다.

착각한 것인가 싶어 몇 번이나 확인해 보았지만 분명 자신의 집이었다. 하여 이렇게 물었다.

"여긴 내 집인데 당신들은 누구요?"

"우린 이 집을 사서 새로 이사 온 사람인데요."

"네에? 집을 사요?"

화들짝 놀라 영문을 알아보니, 아내가 집을 팔아버렸다.

본인이 임의로 작성한 위임장으로 최 선생의 인감증명을 몰래 발부받았던 것이다.

그러곤 온다 간다 소리도 없이 어디론가 사라져 버렸다.

최 선생은 졸지에 한 몸 뉘일 곳조차 없는 신세가 되어 찜질방을 전전하며 아내를 찾아다녔다.

그러던 어느 날 학교로 등기우편물이 당도하였다. 빨리 빚을 갚으라는 최고장이었다.

이것도 확인해 보니 도망간 아내가 최 선생 몰래 대출을 받아서 온 것이다. 공립중학교에 재직 중인 정교사라 신분이 확실하여 꽤 많은 액수를 신용대출로 받았다.

문제는 1금융권이나 2금융권이 아닌 대부업자에게 대출을 받았다는 것이다. 그래서 월급을 차압당했다.

그런데 월급 전부를 줘도 한 달치 이자도 되지 못했다.

그러는 사이에 정년퇴직까지 근무해도 갚을 수 없을 만큼 큰 금액으로 불어났다.

결국 신용불량자로 등재되었고, 학교도 떠나야 했다.

그 후 이리저리 돌아다니다가 서울로 오는 기차를 탔다. 그러곤 서울역 노숙자가 된 것이다.

어쨌거나 최 선생의 충고를 곰곰이 생각해 본 박근홍은 사과할 만큼 했다고 생각했다.

㈜까사가 망할 때 집도, 차도, 아내의 패물도 모두 팔아서 채권자들에게 나눠주었다.

그러곤 공사장에서 막노동을 하여 받은 일당 중 식비를 제외한 나머지를 채권자들의 통장으로 송금했다. 그러다 심한 감기 몸살에 걸리게 되었다.

몸을 추스르고 일어났을 땐 더 이상 공사현장에서 일할 수 없는 몸이 되어버렸다. 추위와 배고픔, 그리고 감기와 몸살의 합작이다. 그래서 노숙자가 된 것이다.

어쨌거나 놈들과 상종해 봐야 본인만 손해라는 걸 깨달은 이후엔 언제든 신호하면 도주하겠다고 마음먹었다.

"어이! 박씨, 여그 자네 찾는 손님이 왔다니까."

최 선생은 앞 이가 없어서 발음이 새고 있다.

"……!"

박근홍은 슬그머니 일어서며 낡은 벙거지 사이로 누가 자신을 찾아왔는지 확인해 보았다.

최 선생 앞에 말쑥한 차림의 청년 하나가 서 있다. 아무리 기억을 더듬어 봐도 본 적이 없는 사내이다.

"누구…?"

"아! 거기 계셨군요."

현수가 반색하며 손을 흔들며 살짝 고개를 숙였다. 그러곤 성큼성큼 걸어 박근홍의 앞으로 왔다.

"박근홍 사장님!"

    *   *   *

"네? 아, 네에."

근홍의 목소리엔 힘이 없었다.

사흘째 먹은 게 없어서이다. 장례식을 치른 노숙자 김씨는 근홍의 바로 곁에서 잠을 자던 말동무였다.

나이는 박근홍보다 서른 살 가까이 많았지만 정신지체가 있어 어린애처럼 해맑았던 사람이다. 그런데 실족하여 계단에서 구르는 바람에 부러진 갈비뼈가 폐를 찔러 사망했다.

근홍은 죽은 김씨가 불쌍해서 며칠간 식음을 전폐했다.

입맛도 깔깔하고, 마음도 편치 않아서 굳이 무언가를 먹을 생각을 하지 않았던 것이다.

"잠시 시간 좀 내주실 수 있으시죠?"

"네? 근데 나를 왜…?"

"아! 박근홍 사장님과 나누고 싶은 말이 있어서요."

"나랑 할 말이 있다고요?"

"네! 식사 아직 안 하셨죠? 이 근처에 한양식당이라고 감자탕이랑 동태매운탕 잘하는 집이 있다는데 가시죠."

"……!"

박근홍이 제일 좋아하는 음식이 동태매운탕이다. 돌아가신 어머니가 아주 맛있게 끓여주던 것이라 그러하다.

남는 게 시간인지라 동료 노숙자들을 따라 한양식당 앞을 몇 번 지나쳤다.

동태매운탕 小가 2만 원이고, 中은 2만 5천 원이다. 大는 메뉴판에 없다. 갈 때마다 누군가 먹는 모습을 창밖에서 볼 수 있었는데 돈이 없어서 침만 흘리다 돌아오곤 했다.

그런데 그 집엘 가자고 하니 입안에 침부터 감돈다.

"무슨 일인지 먼저 얘기해 주면……."

"박근홍 사장님이 까사의 사장님이셨다는 걸 알고 왔습니다. 그 능력이 필요해서 왔습니다. 이건 제 명함입니다."

말을 하며 만능제작기로 만든 명함을 건넸다.

서울시 마포구 구수동 ○◇─△◎□

Y─인베스트먼트 C.E.O Heins Kim

010─9101─＊＊＊＊

노숙을 한다 하여 머릿속 지식까지 사라지는 것은 아니다.

박근홍 사장은 하인스 킴이라는 이름을 보고 갸웃거렸다.

"교포이신가?"

"아뇨! 저는 남아공 사람입니다. 이건 제 여권이죠."

말을 하며 여권을 펼쳐 보였다.

"자세한 이야긴 식사하면서 들으시는 건 어떨까요? 저도 아직 식사 전이거든요."

"……!"

박근홍은 이게 대체 무슨 상황인가 하는 표정이다.

이럴 때 마음 통하는 우군이 있으면 괜찮아진다. 하여 최 선생을 흘깃 바라보았다.

"아까 소리쳐서 알려주셨던 분도 식사를 안 하셨으면 같이 가시죠."

말을 하며 최 선생을 바라보자 마침 이쪽을 향해 있는데 곁에는 예닐곱 명의 노숙자들이 있다.

여차하면 현수에게 달려들어 박근홍이 도망갈 시간을 벌어 주려고 도움을 청한 모양이다.

"아! 저기 계시는군요. 근데 다른 분들도 많으시네요. 그럼 다 같이 가시죠."

"근데 나 같은 노숙자한테 진짜 무슨 볼일이 있는 거요?"

"아! 그럼요. 박 사장님의 능력이 필요하다니까요."

"……!"

박근홍은 명함을 든 채 현수만 빤히 바라본다. 노숙자들 데려다 장기밀매를 하는 조직이 있다는 소릴 들었다.

혹시라도 그런 조직에서 나온 놈이라면 절대 따라가면 안 된다. 하루나 이틀 사이에 목숨을 잃게 될 것이기 때문이다.

본인이 죽는 건 겁나지 않지만 그럴 경우 아버지 산소를 모실 수 없다. 근홍이 외동아들인 때문이다.

"아직 식사들 안 하셨죠? 다 같이 한양식당으로 가시죠."

"즈, 증말? 증말인가?"

"하하, 그럼요! 가셔서 따끈한 밥에 매운탕이라도 한 그릇 하세요. 참! 쇠주도 한 잔씩 하시구요."

"와아아! 가세, 어서 가세!"

환호성을 지르며 우르르 다가왔기에 박근홍은 현수와 함께 한양식당으로 갈 수밖에 없었다.

노숙자들이 우르르 들어서자 식당 주인이 이맛살을 찌푸리며 뭐라고 하려 할 때 현수가 먼저 입을 열었다.

"뭐든 마음껏 드십시오. 오늘은 제가 삽니다."

"……!"

손님이 없는 시간이기에 식당주인은 도로 주저앉았다.

현수와 마주 앉은 근홍은 동태 매운탕 中을 주문했고, 최 선생을 비롯한 노숙자들은 감자탕 大와 제육볶음, 그리고 동 태 매운탕 中과 소주를 주문했다.

"이렇게 불쑥 찾아와서 당혹스러우시죠?"

"네? 아, 네에."

근홍은 고개를 끄덕였다. 노숙 생활을 해서 그런지 안색도 좋지 못하고, 비쩍 마른 모습이다.

'도로시! 신체상황 띄워줘.'

'넵!'

— 신장 178.8㎝   — 체중 56.3㎏

— 좌우시력 1.5, 1.5 — 면역지수 25

'장기 상태는?'

'신장, 위, 소장, 대장, 간, 췌장 등이 매우 쇠약해요. 이건 엘릭서 한 병이면 금방 호조되겠지만 빠른 영양섭취가 필요해요. 지금 심각한 영양실조 상태거든요.'

먹는 게 시원치 않은 노숙자라 이럴 것이다.

'알았어.'

박근홍은 아내가 사망한 이후 세상을 살 의미를 잃었다.

그럼에도 선친이 물려주신 까사를 제대로 성장시키기는커녕 망하게 했다는 죄책감에 차마 세상을 버리지 못했다.

단 한

번이라도 기회가 오면 기필코 까사를 재건해 내겠다는 일념으로 지금껏 버텨왔다.

그러기 위해서는 자본이 필요하다.

그걸 벌기 위해 틈틈이 운동을 했다. 몸이 건강해야 막노동이라도 할 수 있다 생각한 것이다. 현재 노숙자이기는 하지만 어쩔 수 없어서 노숙을 할 뿐인 것이다.

"박 사장님! Y-인베스트먼트라는 회사가 있습니다. 바하마에 본점이 있는……."

동태매운탕이 끓기 전까지 대강의 설명을 했다.

"자! 시장하실 테니 먼저 먹고 이야기 나누죠."

"그럽시다."

박근홍은 그야말로 허겁지겁 동태매운탕을 흡입했다. 하나로 부족하여 추가로 小를 하나 더 주문해야 했다.

김 선생을 비롯한 여덟 명의 노숙자 역시 때는 이때다 싶었는지 추가 주문 후 정신없이 퍼먹는 중이다.

식당 사장은 다소 불안한 눈빛으로 현수 일행을 바라보았다. 현수가 도망가면 돈을 받을 수 없어서일 것이다.

서울역 근처라 이런 경험이 있었는지 알 수는 없다.

아무튼 도로시로부터 귀띔을 받은 현수는 화장실을 다녀오는 척하면서 식대를 계산했다. 그제야 긴장된 눈빛이 사라졌다.

"…… 그래서 저희가 Y-어패럴을 설립하려고 하는데 맡아주실 수 있는지요?"

"나 더러 하는 말이요?"

"네! Y—어패럴에서 취급할 품목은 항온의류입니다."

"항온… 의류요? 그건 뭔가요?"

대학 졸업 후 계속 패션 계통에서 일을 했지만 생전처음 들어보는 말이라 의아한 표정이다.

"항온의류는 말이죠 ……."

잠시 현수의 설명이 이어졌다.

신기술이 적용되었다는 것까지는 쉽게 이해했지만 의복이 사람의 체온을 조절한다는 건 믿지 못하겠다는 표정이다.

이럴 땐 백문이 불여일견이다.

준비해 온 쇼핑백에서 항온의류 상의를 꺼냈다.

YD—4500이 내려오면서 가져온 것은 50세기에 유행하는 디자인으로 만들어진 것이다.

그리고 50세기 기술이 적용된 '영구의복'이다.

이것의 원단은 면(綿), 모(毛), 마(麻), 견(絹), 또는 합성섬유 따위가 아니라 화성(Mars)에만 존재하는 금속을 특수가공 처리한 것이다.

금속이지만 촉감은 웬만한 벨벳(Velvet)보다 부드럽다.

이것은 땀의 흡수와 증발이 매우 빠르며, 체취를 빨아들여 분해하는 효능도 가졌다.

한마디로 세탁할 필요가 없는 의복인 것이다.

원단을 이루는 금속은 산화되지 않는다. 다시 말해 산소와 결합해도 녹이 슬지 않는다. 이를 특수가공하면 표면이 아주 매끄럽게 되어 오래 입어도 때가 타지 않는다.

뿐만 아니라, 특정 온도에 노출되면 형상을 기억하기에 구겨 졌다가도 일정 시간이 지나면 원상 복귀된다. 그리고 21세기 의 도검이나 총탄으로는 찢기거나 구멍 뚫리지 않는다.

말 그대로 영구히 입을 수 있는 의복이다.

박근홍에게 이걸 보여줄 수는 없다. 전문가 중의 전문가인 지라 원단부터 따지고 들 것이기 때문이다.

하여 회귀 후 지하상가에서 샀던 것에 영구의복에서 떼어 낸 단추를 안쪽에 달았다. 축소된 항온마법진이 담긴 것이다.

이것은 얇은 후디(Hoodie)이다.

한국인들이 후드티라 일컫는데 이는 '콩글리쉬'이다.

지퍼가 달린 것을 '짚 업 후드티'라고 하는데 이것도 '짚 후디(Zip hoodie)'가 맞는 표현이다.

어쨌거나 오늘처럼 쌀쌀한 날엔 속에나 입을 옷이다.

"겉옷 벗으시고 일단 이걸 한번 입어보시죠."

"…그럽시다."

설명은 그럴 듯했지만 아무리 봐도 평범한 후디이다.

오늘은 강풍과 함께 천둥번개를 동반한 세찬 비가 내리고 있다. 기상청에서는 평년보다 기온이 낮아 쌀쌀한데 바람까지 불어서 체감온도가 떨어질 것이라 예보한 바 있다.

비는 내일 오전까지 계속될 것이며 하루 종일 흐리기에 밤 과 새벽 사이에 기온이 많이 떨어질 것이라 하였다.

박근홍은 현재 노숙자 생활 중이기에 아직도 겨울 점퍼를 입고 있다.

이걸 벗었음에도 후디를 입을 수 없다. 안에 입은 두터운 스웨터 때문이다. 이것까지 벗으면 자칫 감기에 걸릴 수 있다 생각하여 멈칫할 때 현수가 웃음 짓는다.

"그거 하나로도 충분히 괜찮으실 거예요. 믿으세요! 근데 여기서 말고 화장실에서 갈아입으세요."

식당 주인이 이쪽을 빤히 바라보고 있는 중이다.

박근홍이 점퍼를 벗자 냄새가 났다. 당연히 악취이다.

안에 입은 스웨터와 더불어 겨우내 한 번도 빨지 않았으니 당연한 일이다. 속에 얼마나 더 껴입었는지 알 수는 없지만 스웨터까지 벗으면 더한 냄새가 날 것이다.

왜 화장실로 가라는지 눈치 챈 박근홍이 고개를 끄덕인다.

"뭐, 그럽시다."

잠시 후 박근홍이 후디 차림으로 나왔다.

어디에서 구했는지 점퍼와 스웨터 등은 큰 비닐봉지 속에 담겨 있어 다행히 악취를 풍기진 않았다.

박근홍이 자리에 앉자 현수가 입을 연다.

"스웨터와 점퍼는 버리시고, 이따 밤이 되면 안에 입으신 것도 벗고 그거 하나만 입고 주무세요."

"……?"

밤이 되면 얼마나 추워지는지 누구보다도 잘 알기에 무슨 망발이냐는 표정으로 바라본다.

"아까 말씀드렸잖아요. 항온의류라고…! 그거만 입고 계셔도 절대 춥다는 느낌이 들지 않을 겁니다."

"에이, 세상에 그런 옷이 어디 있소? 입으라고 해서 입어는 보지만 이건 그냥 평범한 면으로 만든 거요."

이번엔 말도 안 된다는 표정이다.

화장실에서 갈아입으면서 뭐가 다른지 꼼꼼하게 살펴본 바 있다. 그런데 너무 평범하다.

재질은 100% 면이며, 1~2만 원이면 어디서나 살 수 있는 기모 없는 노브랜드 후디이다.

지금도 쌀쌀한데 기온이 더 떨어질 밤에 이것 하나만 걸치고 잠자리에 든다면 밤새 세상과 하직할 확률이 높다.

하여 혹시 죽으라는 뜻으로 옷을 준 건가 하는 표정을 지어 보였다. 이에 현수는 싱긋 웃어주었다.

"믿으셔도 손해 볼 일 없을 겁니다."

"알았소이다."

대답은 이렇게 했지만 조금이라도 추위가 느껴지면 스웨터며 점퍼를 껴입을 생각을 했다.

이때 현수의 말이 이어진다.

"Y—어패럴은 서울 시내 100곳에 각각 180평 정도 되는 공장을 마련할 겁니다. 각각의 공장이 원활하게……."

박근홍은 현수를 멍한 표정으로 바라본다.

180평씩 100곳이면 18,000평이다. 원단을 대규모로 직조해 내는 공장도 이런 규모는 아니다.

그리고 대한민국의 패션회사들은 대부분 생산 공정을 관리하는 정도이다. 일부는 직접 만들지만 대부분 하청을 주어 제작한다는 뜻이다.

그런데 Y−어패럴은 원단을 제외한 나머지 전부를 직접 제조할 생각이라고 한다.

Chapter 02
—
접대, 향응, 뇌물은 없다

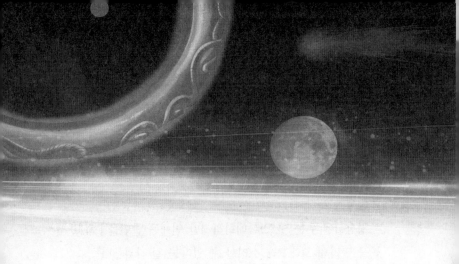

"네? 직원들은 직접 고용한다고요?"

직원 관리가 얼마나 까다롭고 성가신 일인지를 말하려는 표정이다. ㈜까사가 망한 이유 중 하나이기도 하다.

노조를 설립하더니 과도한 임금과 근무환경을 요구했다. 회사의 매출이 떨어지든 말든 제 몫을 달라고 아우성쳤다.

넌덜머리가 났지만 해고할 수도 없었다. 그랬다간 몽땅 들고 일어나기 때문이다. 그렇게 까사는 말라서 죽었다.

박근홍은 노숙자가 된 이후 망한 이유를 곰곰이 생각해 본 바 있다. 혹시라도 새로운 기회가 왔을 때 실패를 반복하지 않기 위함이다.

첫째는 업계를 너무 몰랐다.

살이 베어지고, 피만 튀기지 않을 뿐 치열한 경쟁이 진행되는 전쟁터였다.

그래서 남의 것 베끼기를 서슴지 않는 비열함을 보여준 업체들이 왜 그랬는지를 깨달았다.

둘째는 사람 관리였다.

평상시엔 웃는 낯으로 대화하지만 언제든 안면몰수하고 제 몫을 달라며 고래고래 소리칠 수 있다는 걸 간과했다.

셋째는 부족한 뒷심이다.

때론 과감한 자본투자가 있어야 하는데 그럴 여력이 부족해서 좋은 아이템을 떠올리고도 실행에 옮기지 못했다.

넷째는 안목 부재였다.

어떤 디자인의 옷이 선호되는지를 자세히 알려고 하지 않았다.

디자인실장이 괜찮다고 하는 말만 믿고 생산했는데 누적된 손해와 재고가 되어 돌아왔던 것이다.

아무튼 100개나 되는 공장이 만들어진다고 한다.

각각 180평이라는데, 하나당 얼마나 많은 사람들을 고용할지 감도 잡히지 않는다.

공장 하나당 10명씩 고용한다면 1,000명이고, 20명씩이라면 2,000명이나 된다.

(주)까사가 가장 활황일 때도 100명을 약간 상회했을 뿐이

다. 그런데 그보다 10배, 20배 많은, 어쩌면 그보다 훨씬 더 많은 인원을 뽑아서 관리하라고 한다.

하여 멍한 표정으로 현수를 바라보고 있다.

"우선은 서울만 그래요. 차츰 넓혀서 수도권 전역을 비롯하여 전국에 공장을 만들 생각입니다."

"……?"

서울만 100개이다. 이를 전국으로 넓히면 대체 얼마나 많은 공장을 가지려는지 상상도 되지 않는다.

그보다는 그 공장에서 근무하게 될 인원은 또 얼마나 많겠는가! 공장이 500개이고, 각각 20명씩 일한다면 1만 명이다.

이쯤 되면 중소기업을 훌쩍 뛰어넘은 공룡이다.

"그걸 누가 관리하죠?"

"각 공장의 책임자가 해야겠죠."

현수는 참 쉽고 간단하지 않느냐는 표정이다.

박근홍은 자기 혼자 다 하는 게 아니라는 게 마음에 들었는지 고개를 끄덕인다. 이때 현수의 말이 이어진다.

"공장마다 하는 일이 다 다를 겁니다. 부자재만 만들거나, 패턴실로 쓰거나, 샘플만 제작하는 곳도 있을 거고, 디자인실이나 포장만 하는 곳 등으로 나뉠 겁니다."

"……?"

박근홍은 이해되지 않는다는 표정이다. 한곳에 몰아놓고

분업 식으로 하는 것이 더 효율적이기 때문이다.

"왜 그렇게 하는 거죠?"

"거기엔 몇 가지 이유가 있어요. 우선은……."

현수는 몇 가지로 간추려서 설명했다. 장점과 단점에 대한 설명을 들은 박근홍이 반문한다.

"그럼 나머진 전부 알바인가요?"

각각의 공장엔 책임자 이외에 숙련자들이 배치된다. 당연히 인성과 종교, 그리고 성향까지 다 따져서 뽑는다.

이들은 새로 채용될 인원에게 작업기술을 가르칠 사람들이다. 거의 단순노동에 가까우니 금방 배울 것이다.

박근홍 사장은 공장책임자와 숙련공만 정규직으로 인식한 듯싶다.

"Y-그룹엔 비정규직 안 뽑아요. 굳이 본인이 비정규직이나 파트타임 알바를 원한다면 그러겠지만 말입니다."

파트타임 알바는 개인사정에 따라 있을 수도 있다. 학생이거나 투잡(Two jobs)인 경우가 그러하다.

하지만 요즘처럼 취업하기 힘든 시기에 누가 정규직 말고 비정규직을 선택하겠는가!

"그거 쉽지 않을 겁니다."

박근홍은 직접 경험해 보았기에 심각한 표정이다.

"그래서 박 사장님이 필요한 겁니다. 직원관리에 필요한 인원을 뽑아줄 테니 총괄해 주십시오."

"네…? 나를 뭘 믿고…?"

"그야 박 사장님의 인품을 믿죠."

현수가 싱긋 웃자 잠시 말이 없던 박근홍이 피식 실소를 터뜨린다.

"믿는 도끼에 발등 찍힌다는 말 못 들어봤소?"

"제 발등이 제법 탄탄하거든요."

"……생각해 보겠소."

"당연히 그러셔야죠. 2번 출구 쪽에 공중전화 박스가 있으니 마음 정해지시면 전화주세요. 모시러 올 테니."

말을 하며 100원짜리 동전 몇 개를 건넸다. 돈을 더 줘봐야 술을 살 수도 있기 때문이다.

얼떨결에 동전을 받아 든 박근홍이 이건 뭔가 하는 표정으로 바라본다.

"전화하시라고요. 동전 없으면 공중전화 못 쓰잖아요."

"아…!"

박근홍이 고개를 끄덕일 때 현수의 말이 이어진다.

"아직 항온의류의 효능을 못 믿으실 거라 생각합니다. 그래도 밥 한 끼 사드렸으니 오늘은 그것만 입고 버텨보세요."

"…그럽시다."

박근홍과의 만남은 밥 한 끼 하는 것으로 끝났다.

헤어지며 흘깃 뒤를 돌아보니 최 선생을 비롯한 노숙자들이 무슨 제안을 받았는지 묻는 모양이다.

박근홍이 뭐라 뭐라 대꾸했지만 신경 쓰지 않았다.

항온의류가 대한민국 패션계를 강타할 시간이 곧 다가오기에 비밀로 감출 상황이 아닌 것이다.

*　　　　*　　　　*

현수가 서울역에서 성신여대 쪽으로 이동하는 동안 도로시는 여러 임무를 동시에 수행하고 있다.

현수가 도로시에게 요구한 건 자신의 계좌로 입금된 1,000만 달러를 불리라는 것이다.

구체적인 방법은 제시되지 않았고, 어떠한 가이드라인도 주어지지 않았다.

일본과 에콰도르의 지진, 그리고 영국이 EU로부터 탈퇴하는 브렉시트를 이용하여 최대한 많이 벌라고만 했다.

이에 도로시는 쉬운 방법을 선택했다.

자신이 컨트롤하는 페이퍼컴퍼니의 돈을 현수가 버는 형식을 취하기로 한 것이다.

일본과 에콰도르의 지진이 첫 번째 호재이다.

한쪽은 엄청나게 잃고, 다른 한쪽은 왕창 벌 수 있는 게 선물거래이다.

도로시는 미국과 일본을 주무대로 거래를 맺어두었다. 당연히 도로시가 잃고, 현수가 따는 쪽이다.

물론 도로시 혼자 잃는 것은 아니다. 미국과 일본의 자본들이 더 많이 잃도록 설계되어 있다.

어느 누구도 의심치 못할 만큼 정교하게 전략을 세워두었으니 반드시 일어날 일이다.

시한은 6월 24일에 있을 '브랙시트'를 지나 6월 말까지이다. 오늘이 4월 25일이니 두 달 정도 남았다.

이 기간 동안 현수의 재산은 왕창 늘어나게 될 것이다.

자본금은 1,000만 달러지만 7월 초가 되면 현수의 합법적인 재산은 50억 달러 이상으로 불어난다.

500배 이상 뻥튀기 작업이 이루어지기 때문이다.

한화로 5조 8,787억 5,000만 원이고, 전액 현금이다.

그러는 한편 Y-인베스트먼트의 돈도 조금 불릴 예정이다.

전 세계 정보기관들의 이목으로부터 Y-그룹이 자유로울 수 있도록 합법적인 수입을 조성하려는 것이다. 도로시는 현수에게 잃은 돈 전부와 100억 달러를 더 벌어볼 생각이다.

총 11조 7,575억 원을 벌어들이려는 것이다.

김지윤에겐 추가 지시를 내렸다.

현재 매입하고 있는 신수동 사업부지를 더 넓힐 것이니 인근 부동산을 더 사들이라는 내용이다.

대상은 300세대 정도 되는 아파트 단지 하나와 학교 하나, 그리고 두 개의 관공서를 포함한 주택가이다.

다행인 점은 종교시설이 없다는 것이다.

이 부동산을 모두 매입하게 되면 전체 사업부지의 면적은 4만 4,882여 평으로 늘어난다.

단지 내에 숲으로 둘러싸인 1.5㎞ 정도 되는 쾌적한 조깅코스 조성도 가능하다.

매입대상인 아파트 단지는 준공된 지 30년 정도 되었으니 인근의 신축 아파트와 맞교환하면 될 것이다.

지하철역에선 약간 멀어지지만 새 아파트인데다 약간 더 넓고, 부동산 가격도 높으니 불만은 없을 것이다.

다행인 것은 인근의 신규입주 아파트 단지에서 매물이 쏟아져 나왔다는 것이다. 정부의 강력한 대출규제 덕분이다.

가계부채의 증가를 막으려는 조치이다.

그 결과 잔금을 마련하지 못해 발을 동동 구르는 집들이 많아서 쉽게 매입할 수 있다.

1,000세대가 넘는 단지였는데 이미 700세대 이상을 매입했고, 추가로 매수하는 중이다.

어떤 동은 두어 집 빼고 전부를 매입했으니 이주시킬 물량은 충분하다.

부지 내의 학교는 길 건너편 부동산을 매입한 뒤 싹 밀어내고 새로 지어주는 것으로 이야기가 진행될 것이다.

관공서들도 인근 부동산을 매입하여 새로 지어주거나 Y-빌딩 안에 자리 잡도록 하는 것을 제안할 계획이다.

어쨌거나 도로시의 계획대로 되면 신수동 Y-빌딩의 규모는 더욱 커지게 될 것이다.

지하 8층부터 지하 1층은 층당 4만 4,500평 규모가 된다.

층마다 25m×50m짜리 국제규격 수영장 117.7개가 들어설 수 있는 면적이다.

대규모 외자도입 및 외국인투자촉진법을 들먹여 용적률 1,300%로 지정받고, 지상 50층으로 건축허가를 받을 수 있다면 바닥면적 1만 1,670평짜리 건물이 가능하다.

이럴 경우 전체 바닥면적은 93만 9,500평이나 된다.

사우디아라비아 메카에는 '아브라즈 알 바이트'가 있다.

2016년 4월 현재 세계에서 가장 넓은 건물이며, 제일 높은 시계탑이기도 하다.

시계탑 포함 높이는 601m이고, 최상층 558m인 120층짜리 건물이다.

호텔 등 7개 건물로 구성되어 있다.

사우디아라비아의 국왕이 이슬람 성지순례자들을 수용할 의무가 있다며 호텔을 주목적으로 건설했다.

별칭은 '메카 로얄 클락 타워 호텔'이다. 이 건물의 총면적은 45만 3,747평이다.

Y-빌딩은 이보다 2배 이상 넓다.

어쨌거나 이전 계획처럼 10층까지 사무실로 쓰고 11층부터 50층까지를 몽땅 아파트로 조성한다면 32평형 아파트 1만 4,587가구가 들어설 수 있다.

실로 어마어마한 규모가 되는 것이다.

지난 2015년 12월에 분양하였고, 2018년 12월에 입주 예정인 송파구 가락동 소재 '송파 헬리오시티' 가 준공되면 9,510가구로 국내 최대 아파트 단지가 된다.

총 84개 동이며, 35층으로 지어지고 있다.

Y-빌딩은 이보다 1.5배 이상 많이 입주할 수 있다.

문제는 달랑 건물 하나만 올리겠다고 하면 서울시 건축심의[1] 에서 반려될 것이 뻔하다. 디자인 때문이다.

따라서 지하는 통짜로 파더라도 지상은 여러 개로 나누어야 할 것이다.

현수의 희망대로 50층짜리를 짓는다면 바닥면적 1,945평인 빌딩 6개를 올릴 수 있다.

한강 조망을 위해 점진적인 층 변화를 준다면 각기 다른 바닥면적을 가진 빌딩들을 올릴 수 있을 것이다.

이를 위해 김승섭 변호사가 발바닥에 땀이 나도록 뛰어다

---

1) 건축심의 : 일정 규모 이상의 건물을 지을 때 인·허가에 앞서 도시 미관 향상, 공공성 확보 등을 따져보는 것. 건축 전문가들과 담당 공무원으로 이뤄진 건축위원회가 건축주의 설계도를 놓고 설계 · 디자인 보완사항, 건축법 위배 등을 확인한다

니게 될 것이다. Y—그룹 고문변호사가 되어 첫 번째로 맡은 임무이기 때문이다.

그에게 내려진 가이드라인은 딱 하나이다.

어떠한 경우에도 접대와 향응을 베풀지 말고, 뇌물을 제공하지 마십시오.

Y—그룹의 모토(motto)는 '언제나 정정당당'입니다.

*   *   *

병역의 의무로 인한 군인이나 공익요원을 제외한 모든 공무원들은 본인이 원해서 그 직업을 선택했다.

월급이 얼마나 되는지, 얼마나 근무해야 진급되는지 등을 충분히 인지하고 공무원이 되었을 것이다.

이들은 국민이 낸 세금으로 월급을 받는다. 이는 국가와 국민을 위해 일하라고 주는 돈이다.

다시 말해 '모든 공무원의 고용주는 국민'이다.

따라서 고용주인 국민이 공무원들에게 접대를 하고, 향응을 베풀며, 뇌물을 바치는 건 한마디로 '미친 짓'이다.

기업의 대표가 자신이 고용한 사원들에게 쩔쩔매면서 굽실거리고, 어려워하는 것과 같다.

그럼에도 그런다면 뭔가 꿀리는 것이나 감추고자 하는 게 있거나, 사사로운 이익을 얻기 위함일 것이다.

Y-그룹은 단 한 점의 불법행위나 저촉행위를 할 생각이 없다.

세금을 한 푼이라도 덜 내기 위한 절세도 하지 않고, 원리원칙대로 다 납부할 것이다.

기업운영과 관련되어 있는 모든 법규도 100% 준수할 예정이다.

이렇듯 정정당당하면 공무원들에게 굽실거리거나 아부할 하등의 이유가 없다.

정치인과 법조인도 마찬가지이다. 언론인도 재직 중인 회사로부터 급여를 받으니 그래줄 이유가 없다.

그래서 이런 가이드라인을 제시한 것이다.

극심한 불경기인 이때에 대규모 외자를 투자하고, 고용을 창출하는 것만으로도 충분히 혜택받아 마땅하다.

따라서 무엇이든 당당하게 요구하라고 했다. 다만 상대가 납득할 만큼 충분히 설명하라고는 했다.

이를 위해 상당한 자료를 제공해 줬다.

관공서 이전 대신 서울시에 4,000평 정도를 기부채납 또는 50년간 무상 임대하는 방안도 끼어 있다.

이를 뒷받침할 계획도면도 제시되었으며, 향후 어떤 용도로 이용할 것인지도 명백히 밝혔다.

지하층이 엄청나게 넓어지니 층별 용도도 달라진다.

지하 8층엔 관리실 및 기계실 등이 들어선다. 그러고도 남는 면적은 주차장으로 사용한다.

깊은 지하지만 미래기술이 적용되어 지상과 별 차이 없을 것이다. 환기 및 채광이 충분할 것이기 때문이다.

지하 7층부터 지하 4층까지는 주차장 전용이다.

참고로, 월드컵 축구경기장 규격은 105m×68m이고, 약 2,160평이다.

지하주차장 면적의 합은 약 20만 평이다. 축구장 92.6개를 설치할 수 있을 만큼 넓다.

현재의 주차장 규격은 2.3m×5m이다. 폭이 좁아서 문콕 때문에 자주 분쟁이 발생된다.

그래서 Y-빌딩 주차장은 3m×6.5m로 설치된다. 초보도 주차하는 어려움을 겪지 않을 충분한 공간이다.

주차장 1면당 5.89평이다. 전체면적을 이것으로 나누면 무려 3만 7,000대 이상 주차할 수 있다.

물론 통로 등을 제외하면 많이 줄어들 것이다. 하여 딱 절반에만 주차를 해도 1만 8,500대이다.

그런데 대부분에 직관적인 기계식 2층 주차설비가 배치되니 결국 3만 7,000대 이상 주차 가능하다.

이는 서울시 주차장 설치기준의 2배 이상 되는 유의미한 숫자이다.

이 정도면 어마어마하게 많은 차가 한꺼번에 밀려들어도 다

수용할 수 있을 것이다.

지하 3층엔 국제규격 수영장과 국제규격 아이스 링크, 그리고 각종 체육시설들이 설치되는데 모두 2개 이상 설치된다.

층고가 적절하게 높으며, 면적도 널널하기에 관중석까지 있을 예정이다. 따라서 국제경기도 치를 수 있다.

체육시설을 2개씩 설치하는 이유는 '일반인용'과 '육성선수용'으로 사용할 것이기 때문이다.

도로시가 파악한 바에 의하면, 대한체육회 산하 경기단체 중 양궁협회를 제외한 대부분의 체육단체에 심각한 문제가 있다.

이들로 인한 폐해 때문에 적지 않은 선수들이 꿈을 접거나 억울함을 호소하고 있다.

이들을 보듬어보려는 노력의 일환으로 육성선수용 체육시설을 설치하려는 것이다. 당연히 무료 사용이다.

각각의 지하층은 잠실 올림픽주경기장 면적보다 훨씬 넓다.

따라서 위에 언급된 체육시설을 모두 설치하고도 상당히 많은 면적이 남는다.

일부엔 관중석이 들어서 중2층, 다시 말해 복층으로 건설되어 여유 면적이 상당하다.

국제 규격 수영장에는 10m 높이의 다이빙대가 설치된다. 따라서 지하3층의 층고는 이를 감안한 충분한 높이가 된다.

그렇기에 12개 이상의 스크린을 갖춘 멀티플렉스는 충분한 경사도를 가진 관중석이 조성되고, 그 아래는 대형할인마트의 창고가 될 것이다.

이밖에 사우나 등도 배치된다.

지하 1~2층과 지상 1~3층은 각종 상가들이 들어선다.

30평짜리 상가라면 3,355개나 들어설 면적이다.

이 상가들의 권리금은 당연히 없고, 월 임대료와 보증금, 그리고 관리비는 아래와 같다. (VAT 포함)

30평 임대	월 임대료	보증금	관리비
지하 2층	100만	1,000만	6만
지하 1층	130만	1,200만	6만
지상 1층	150만	1,500만	6만
지상 2층	135만	1,200만	6만
지상 3층	100만	1,000만	6만

지상 1층 상가의 평당 보증금은 50만 원이고, 월 임대료는 평당 5만 원, 관리비는 평당 2,000원이다.

이 정도면 서민층이라 할지라도 누구나 부담 없이 장사를 시작할 수 있을 것이다.

Y-빌딩 상가 입점계약을 할 때쯤이면 Y-파이낸스가 성업 중일 것이다.

이때 사업 시작을 위해 대출신청을 하면 5,000만 원 정도는 쉽게 대출된다.

물론 '어웨이즈 텔 더 트루스' 마법진이 그려진 의자를 통과해야 가능한 일이다.

예를 들어, 돈 한 푼 없어도 Y─파이낸스를 찾아가 Y─빌딩에서 분식집을 개업하고 싶은데 대출해 달라고 하면 하루나 이틀 사이에 5,000만 원까지 융자받을 수 있다.

Y─빌딩에 보증금 1,500만 원을 내고 남은 3,500만 원으로 시설투자를 하면 곧바로 장사를 시작할 수 있다.

자체에 거주하는 인구도 많고, 유동인구도 엄청나게 많을 것이니 정말 맛이 없어서 장사가 되지 않는 경우를 빼면 누구나 돈을 벌 수 있을 것이다.

그 돈으로 Y─파이낸스에서 대출받은 돈을 갚으면 되는 것이다.

어쨌거나 복도, 계단실, 엘리베이터홀 등의 면적으로 전체의 절반을 제외해도 1,677개의 점포가 들어설 수 있다.

참고로, 임대료 및 보증금은 10년간 올리지 않는다.

최소 10년 동안은 젠트리피케이션이 일어나지 않을 것을 보장한다는 의미이다.

이후엔 물가상승률을 감안한 보증금 및 임대료, 관리비 인상이 있을 수 있다. 다만 20% 이상은 인상하지 않으며, 추가로 10년간 더 장사할 수 있다. 대신 권리금은 인정되지 않는다.

다음은 2016년 4월 현재 역세권 상가 30평(100㎡)을 임대했을 때와 비교한 자료이다.

상권명	영등포 역세권	신도림 역세권
권리금	2억~4억 3,000만	2억~3억 8,000만
보증금	1억~2억 2,000만	1억~2억 2,000만
임대료	310만~550만	530만~1,310만

상권명	Y-빌딩
권리금	없음
보증금	1,500만
임대료	150만
관리비	6만

비교해 보면 Y-빌딩 쪽이 압도적으로 유리하다는 걸 알 수 있다.

지상 4층부터 지상 6층까지는 사무실로 임대한다.

이곳 30평(100㎡)을 임대할 경우 아래와 같다.

상권명	여의도 고층빌딩	Y-빌딩
보증금	6,000만	1,500만
임대료	600만	150만
관리비	130만	6만

이것 역시 말도 안 되게 저렴함을 확인할 수 있다.

지상 7층부터 10층까지는 Y-그룹 계열사들이 나눠서 사용하고, 11층부터 최상층까지는 다양한 면적을 가진 아파트로 구성된다.

도로시의 계획대로 된다면 1만 2,000가구 이상이 들어서게 될 것이다. 이건 확정도면이 없으니 추정치이다.

아무튼 서울시와 협의할 때 개발되면 땅값이 대폭 상승하겠지만 30년 이내에는 주거지를 분양하여 이득을 취하지 않겠다는 내용을 분명히 주지시키라고 하였다.

다시 말해 1만 2,000가구 전체를 Y-그룹 임직원들이 무상으로 사용할 예정이라는 뜻이다.

엄청나게 많은 새로운 주거지가 생기지만 단지 내에서 모든 일이 가능하므로 교통 혼잡은 그리 크지 않을 것이다.

아래에서 근무하고, 위로 퇴근하기 때문이다.

아울러 상당히 많은 고용창출이 이루어지는 것만으로도 매력적일 것이다.

이를 확인시켜 주기 위해 Y-파이낸스가 들어설 100개의 건물에 대한 내용도 표시해 두었다.

계열사 자본금도 명기했다.

Y-엔터, Y-에너지, Y-스틸, Y-코스메틱, Y-메디슨, Y-어패럴은 각각 1억 달러이다. 이밖에 Y-파이낸스는 70억 달러, Y-빌딩은 80억 달러이다.

Y—그룹의 자본금 총액만 156억 달러이다. 약 18조 3,417억 원에 해당되는데 이게 1차 투자금액이다.

서울시 관계자가 믿지 못하겠다고 할 경우 Y—인베스트먼트의 능력을 보여주라고 했다.

한국은행 자료에 의하면 2016년 3월 말 현재 대한민국의 외환보유액은 3,698억 달러이며, 세계 7위이다.

이것의 27%가 넘는 1,000억 달러 이상의 자산이 있음을 보여준다면 어떤 반응을 보이겠는가!

신수동 사업부지를 외국인투자지역 지정을 하면서 건폐율 및 용적률을 올려주면 특혜 논란이 있을 것이다.

하지만 청와대와 한국은행, 그리고 기획재정부 등에서 얼른 허가하라는 압력을 가할 것이다.

언제든 빼갈 수 있는 돈이 아니라 건물 등을 세우느라 국내에서 다 소비될 돈이기 때문이다.

극심한 불경기인 현재 상황에 이만한 투자처를 어디에서 찾겠는가!

김승섭 변호사는 현재 자료검토를 하는 중이다.

서울시청에 들어가 시장과 담당 공무원들을 상대로 브리핑할 만반의 준비를 하고 있는 것이다.

받아들여지지 않으면 할 수 없다.

매입한 부동산을 현 상태로 10년이고, 20년이고 방치한다. 거기서 곰팡이가 피든, 쥐새끼가 들끓든 신경 안 쓸 생각이다.

불량 청소년이나 조직폭력배들의 아지트가 되어서 사회문제를 야기시켜도 내버려 둘 생각이다.

돈을 빌려서 하는 사업이 아니다.

도로시가 만든 가상은행 'The Bank of Emperor'가 관리하는 금액만 184조 551억 달러이다. 도로시는 이중 일부를 여러 나라, 여러 은행에 분산해서 예치해 두었다.

계좌 하나당 잔고는 1만 달러를 넘지 않는다. 그렇기에 전세계 정보기관들이 전혀 눈치채지 못하고 있다.

딱히 돈을 벌어야 할 이유가 없는지라 매우 보수적인 운용을 하고 있다.

한국의 상황으로 치면 이자율 1.6%인 1,000만 원짜리 정기예금이나, 월 불입액 30만 원이고, 24개월 만기인 정기적금이다.

어느 누구도 이 계좌가 이상하다고 생각하지 못할 만큼 지극히 평범하다.

연 1.6%의 이자를 받더라도 이중 15.4%를 이자세로 원천징수되므로 실제 이율은 연 1.3536%에 불과하다.

이대로 계산하면 원금의 1년 이자는 2조 4,913억 7,000만 달러 정도 된다.

Y-그룹 1차 자본금 156억 달러는 이 이자의 약 160분의 1에 불과한 금액이다. 푼돈조차 되지 못할 만큼 적다.

그런데 지금까지 부지매입을 위해 실제로 지출한 돈은 156억 달러가 아닌 1억 달러 정도이다.

이걸 적용하면 2만 4,960분의 1도 못 된다.

원금에 대한 이자와의 비율이 이러니 보유자금 전체와 비교하는 건 어리석은 짓이다.

따라서 서울시가 받아들이지 않아도 연연할 필요가 전혀 없다.

꼭 서울시 마포구 신수동이 아니어도 되니 적당한 곳을 물색해서 새로 시작해도 된다.

강원도 산골짜기라도 안정된 고용과 쾌적한 주거를 제공한다고 하면 아주 긴 줄이 생길 것이다.

지방자치단체마다 지방채를 발행해서라도 신도시를 건설하여 인구수 늘리기에 힘쓰는 상황이다.

따라서 Y—그룹의 모든 요구를 고분고분하게 받아들일 확률이 매우 높다. 오히려 적극적인 협조가 있을 것이다.

특히 인구수가 줄어서 없어질 위기에 처한 지자체에서는 쌍수를 들어 환영할 것이 분명하다.

어쨌거나 서울시가 거절하면 100년이 지나도록 팔지도 않고, 개발하지도 않는 일종의 할렘[2] 이 발생된다.

아울러 Y—파이낸스도 서울을 뺀 나머지 지역부터 배치할 계획이다. 협조해 주지 않는데 먼저 베풀 이유가 없다.

대규모 고용효과가 완전 백지화 되는 것이다.

---

2) 할렘(Harlem) : 뉴욕 최대 흑인 거주지. 위험한 지역의 대명사

Y-그룹은 아쉬운 것이 하나도 없다. 그러니 당당하게 요구하라고 한 것이다.

머리 좋은 김승섭 변호사가 어찌 이를 모르겠는가!

도로시로부터 파일로 건네받아 인쇄한 자료들을 살피는 김 변호사의 입가엔 미소가 어리고 있다.

어쩌면 도로시가 요구했던 것보다 나은 결과를 만들어낼 수도 있을 듯하기 때문이다.

                    *   *   *

2016년 4월 28일 목요일 오후 6시.

현수는 여의도 콘래드 호텔 지하에 자리 잡은 고급 한정식 집 룸에 앉아 있다.

히야신스에서 한창 서빙할 시간이지만 Y-그룹 임직원들의 상견례를 위해 강 사장의 양해를 얻어 일찍 퇴근했다.

천지건설 김지윤 차장의 협조를 얻어 이곳을 예약했고, 미리 와서 세팅된 것을 살피는 중이다.

긴 테이블 위에는 앉을 사람의 명판이 세워져 있다. 천지건설에서 사용하던 것인 듯 백두산 로고가 새겨져 있다.

오늘은 그동안 보고 싶었지만 볼 수 없었던 아내들의 젊은 모습을 볼 수 있을 것이다.

하여 어제부터 현수의 심장은 콩닥거리고 있었다. 정말 오랜만에 사랑했던 이들을 만나니 어찌 안 그렇겠는가!

Y—스틸 김인동 과장과 권지현은 현수가 마련해 준 인천의 아파트로 이주했다. 전용면적 38평이고, 방은 4개이다.

냉장고, TV, 에어컨, 무선청소기, 로봇청소기, 공기청정기, 가습기, 전기밥솥, 세탁기, 건조기, 비데, 식기세척건조기, 커피머신 등은 몽땅 회사에서 제공했다.

권지현 부부는 사용하던 침대와 소파, 그리고 그릇, 침구, 의복, 노트북을 가져왔을 뿐이다.

누가 봐도 신혼살림이라 할 만큼 인테리어가 깔끔했고, 가전제품은 모두가 새것이다.

인사철도 아니건만 인천법원으로 가라는 발령이 났다.

의아했지만 권지현의 상관들도 왜 때 아닌 발령이 났는지, 왜 인천인지 모르는 눈치였다.

권지현은 잘되었다 싶어 시어머니에게 전화를 걸었다.

"어머니! 저, 그이하고 인천에서 살게 되었어요."

"어? 어디? 인천이라고?"

"네! 그이가 인천에 있는 회사에 취직을 했어요. 저도 인천법원으로 발령 나서 그리로 가야 해요."

"그래? 그거 잘되었구나. 근데 그 녀석은 괜찮냐?"

빚쟁이들로부터 독촉전화를 여러 번 받았기에 아들이 어떤 상황인지 제대로 인식하고 있는 것이다.

"네! 그이는 괜찮아요. 그리고 저 임신했어요, 어머니!"

"어머! 정말? 정말, 정말이지? 와아아! 내가 얼마나……."

권지현과 시어머니는 오랜 통화를 했다.

김인동은 4대 독자이다.

대대로 손이 귀해서 언제 애가 들어서나 기다리던 차의 임신 소식이니 어찌 안 그렇겠는가!

통화 끝에 권지현은 같이 인천으로 가자는 말을 꺼냈다.

출산하면 아이를 돌봐야 하는데 육아휴직을 해도 애 기르는 데 자신이 없으니 도와달라는 말을 완곡하게 했다.

마침 어린이집에서 아이를 함부로 다뤄 사망하는 사고가 있었다. 이를 빌미로 같이 가자고 한 것이다.

남의 집에서 거의 식모살이에 가까운 삶을 사는 것이 얼마나 힘들고 비참할지 짐작이 되기 때문이다.

하지만 시어머니는 출산이 임박하면 그때 올라가겠다고 했다.

그러면서 그때까지 사이좋은 원앙처럼 둘만의 시간을 가지라 하였다. 자신은 한 푼이라도 더 벌어서 귀한 손주의 배내옷이라도 넉넉하게 선사하겠다며 환히 웃으셨다.

어제는 태어날 아이용품을 구입하러 백화점을 다녀왔다.

5월 6일이 임시공휴일로 지정되어 9일부터 근무 시작이라 시간 여유가 많아 마음도 몸도 편해서 마냥 웃기만 했다.

권철현 지청장은 서울로 발령 나지 않았다. 안숙희 여사가 아직 한사랑 요양원에 있으니 올라오면 안 되기 때문이다.

덕분에 서울고검장의 비위사실 보도는 뒤로 미뤄지게 되었다. 정기 인사철이 아니므로 그가 잘려야 권 지청장을 그 자리로 보낼 수 있는 때문이다.

Chapter 03
—
상견례

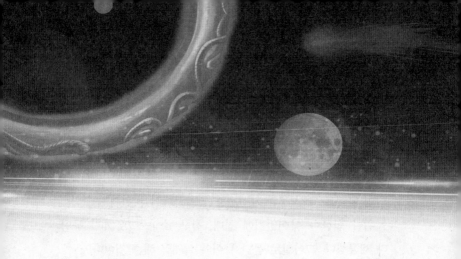

Y—에너지 배터리사업부 과장 곽진호와 강연희 역시 아파트 입주를 마쳤다. 전용면적 51.2평이고, 23층이라 한강이 환히 조망되는 아파트이다.

여기에 처음 들어섰을 때 강연희는 거실 베란다에 주저앉아 한참을 흐느꼈다. 살면서 이렇게 좋은 집에 살 수 있는 날이 올 것이라고 상상도 못해본 때문이다.

아영이는 온통 분홍색으로 꾸며진 제 방 침대 위에서 방방 뛰며 환호성을 질렀다.

커튼이며, 침구까지 모두 회사에서 마련해 주었는데 최고급품이다. 게다가 넓고, 깨끗하니 얼마나 좋겠는가!

강진숙 여사도 우아하게 꾸며진 자신의 방에 앉아 눈물지었다. 본인의 취향을 어찌 알았는지 화장대와 문갑, 그리고 화초장과 보료 등이 구비되어 있었던 것이다.

이들을 지켜보던 곽진호는 뼈가 으스러지더라도 회사를 위해 일하겠다는 굳은 결심을 했다.

이 아파트 역시 모든 가전제품을 회사에서 지원해 주었다.

워낙 빈한한 삶이었기에 침대, 침구, 소파, 그릇까지 몽땅 다 제공했다. 그야말로 몸만 들어와 살게끔 해준 것이다.

어제는 상견례를 위한 옷을 사러 백화점엘 다녀왔다.

회사에서 준 상품권 액수는 1,000만 원이었는데, 유효기간이 1주일로 명시되어 있었다.

그 안에 다 쓰지 않으면 무효라니 허겁지겁 이 옷 저 옷, 이 구두, 저 구두를 샀다. 그러면서 아영이는 물론이고, 새로 태어날 아가의 용품들도 한껏 구매했다. 덕분에 옷장이 가득 찼다.

아영이와 강진숙 여사는 현재 아파트에 머물고 있다.

Y─에너지 태양광사업부 주인철 과장과 주인숙 대리도 전용면적 51.2평짜리 아파트에 입주하고 많은 눈물을 흘렸다.

아버지가 돌아가신 후 늘어만 가는 빚과 희망 없는 장래 때문에 마음고생이 심했다.

게다가 모친 송정숙 여사의 건강도 좋지 못했다.

마음 같아선 하루라도 빨리 병원에 입원시키든지 보약이라도 지어드리고 싶었지만 빚 때문에 그럴 수가 없었다.

벌이가 적은데다 셋의 월급 절반 정도가 대출이자로 나가야 하는 여유 없는 고달픈 삶의 연속이었던 때문이다.

그런데 이제 고생 끝이다.

주인철은 월 600만 원, 주인숙은 월 500만 원이 실수령 급여이다. 모든 의료비와 교육비까지 100% 회사에서 지급한다니 서둘러 빚만 갚으면 고생 끝이다.

하여 남매의 얼굴은 전과 달리 그늘져 있지 않다.

근심걱정은 사라졌고, 희망찬 미래가 놓여 있으니 어찌 안 그렇겠는가!

Y—메디슨 민윤서 부사장도 아파트 입주를 완료했다. 전용면적 51.2평이다. 전망도 좋다.

현수가 지시한 부동산 매입은 성공리에 마무리했다.

계약과 동시에 잔금까지 다 현금으로 치르는 계약을 했으니 못하는 게 이상한 일이다.

그 과정에서 추가매물이 나와 모두 사들였다. 그 결과 Y—메디슨은 약 30,000평짜리 공장을 소유하게 되었다.

그러는 동안 대한의약품에 근무하던 직원들을 불러들였다.

이때까지 취업 못해 알바로 연명하였거나, 연구실 연구원이었음에도 일용잡부로 일하던 예전 직원들이 대거 복귀했다.

김지우 연구실장 역시 돌아왔다.

이들은 훨씬 커진 공장을 어찌 활용할 것인지를 토론했고, 현재는 내부정비 중이다. 현재는 DM과 쉬리엔을 제조할 수 있도록 생산라인을 조정하느라 구슬땀을 흘리고 있다.

민윤서는 법원에서 파산선고를 받았지만 이전의 채무자들을 불러 모든 채무를 청산했다.

그러곤 후련한 마음으로 며칠간의 여행을 다녀왔다.

사랑했던 아내가 곁에 없다는 걸 빼면 모든 것이 만족스러운 상황이다.

Y—어패럴의 박근홍은 현수를 만난 다음 날 아침에 곧바로 연락을 취했다.

처음 만난 날 저녁은 기상청 예보보다도 훨씬 추웠다. 바람이 심하게 불어 체감온도가 뚝 떨어진 때문이다.

그럼에도 얇은 항온의류 하나만 걸친 채 잠자리에 들었다.

입고 있던 점퍼와 스웨터는 잠시 한눈파는 사이에 다른 노숙자가 가져갔는지 보이지 않아 입고 싶어도 입을 수 없었다.

"어휴! 4월 말인데 왜 이렇게 춥지?"

"그러게. 윤중로[3] 벚꽃도 다 폈다 졌다는데 너무 추워."

"쓰블! 없는 놈들 어케 살라고……."

---

3) 윤중로(輪中路) : 여의2교 북단부터 시작하여 국회의사당 주변을 돌아 서강대교 남단까지 이어지는 길. 총 길이 1.7km. 공식적인 도로명으로는 여의서로의 일부 구간에 해당함

"그러게! 날씨가 왜 이러지? 이러다 얼어 죽겠어."

다들 춥다고 하니 약간 추운 것 같기도 했다.

'저체온증으로 가는 것도 괜찮지 않을까?'

저체온증이란 체온이 35℃ 이하로 떨어지는 것을 의미하며, 이 상태로 2시간 이상 경과할 경우 사망할 수 있다.

부친으로부터 물려받은 사업은 망했고, 아내는 갑작스러운 어려움을 견뎌내지 못하고 스스로 목숨을 끊었다.

모아놓은 재산은 한 푼도 없고, 갚아야 할 빚은 많다.

건강도 예전 같지 않다.

도로시가 진단한 대로 박근홍은 신장, 위, 소장, 대장, 간, 췌장 등이 매우 쇠약한 상태이다.

정상을 100으로 보면 현 상태는 대략 25 정도이다.

게다가 며칠을 굶어서 심각한 영양실조 상태였고, 비타민 결핍증상도 나타나고 있었다.

참고로, 비타민 A(레티놀)가 부족하면 야맹증과 피부의 각질화가 일어난다.

비타민 (티아민)이 부족하면 각기병, 리보플라빈이 부족하면 구강염과 피부병, 엽산이 부족하면 빈혈, 시아노코발라민은 악성빈혈을 유발시킨다.

이밖에 비타민 C(아스코르브산) 부족은 괴혈병, D는 구루병, E(토코페롤)는 불임증, K는 혈액응고지연이 발생된다.

어쨌거나 몸은 엉망이고, 재기할 수 있는 기회는 전혀 보이지 않는다. 한마디로 희망이 없는 것이다.

부부 중 누가 문제였는지 몰라도 아이가 없는 게 차라리 다행인 삶이다. 그러니 이쯤에서 그냥 끝나도 괜찮겠다는 생각을 하며 잠자리에 든 것이다.

박근홍은 노숙자들의 투덜거림을 들으며 잠들었다. 정말로 다음 날 아침에 눈을 뜨지 않아도 좋다는 마음이었다.

그런데 아주 가뿐하게 일어났다. 불면증 환자가 오랜만에 숙면을 취한 듯싶다.

그런데 옆에서 자던 노숙자들은 안 그런 모양이다.

"으으으! 날씨 한번 더럽게 추웠어. 안 그래?"

"그러게! 4월 말인데 완전히 미친 날씨지. 으으, 춥다."

"나도! 난, 자다가 얼어서 뒈지는 줄 알았어."

"그러게. 아침 되면 좀 나아질 줄 알았는데 왜 이렇게 추운 거야? 어젯밤은 너무 추워서 한잠도 못 잤어. 쓰블~! 뒈에—!"

노숙자들은 밤사이 내린 비와 바람 때문에 더 추운 거라며 잔뜩 웅크리고 있었다. 패딩이나 파카를 적어도 두 개씩은 껴입었음에도 덜덜 떨고 있다.

'으응? 별로 안 추운 거 같은데 뭐지? 아…!'

근홍은 하나도 춥지 않은데 다들 왜 이러나 하는 생각을 하다 문득 깨달았다.

'헐! 그럼, 정말로 이게…?'

박근홍은 입고 있는 항온의류를 새삼스레 살폈다.

위에 걸치고 있는 것은 분명히 평범하고, 얇은 면으로 만든 후디이다. 아래도 평범한 트레이닝 바지이고, 양말도 지극히 평범한 것이다. 모두 현수가 주고 간 것이다.

패딩이나 파카, 그리고 솜바지를 걸친 노숙자들과 같은 곳에 있으니 본인도 추위를 느꼈어야 한다.

그런데 하나도 그런 것 같지 않다. 하여 이모저모를 다시 살핀 것이다. 그러던 중 현수가 해준 이야기를 떠올렸다.

'그럼, 정말로 이 얇은 게…?'

박근홍은 노숙자들을 따라 무료급식소로 향하지 않았다. 대신 공중전화를 찾아 현수에게 연락했다.

이때가 오전 6시 15분께였다. 잠든 현수를 대신하여 전화를 받은 도로시는 현수인 것처럼 통화했다.

100% 일치하는 성대모사였는지라 박근홍은 현수와 통화한 것으로 알고 있다.

이날 박근홍은 도로시가 알려준 휴대폰 매장에서 신형 휴대폰 하나를 받았다. 이 폰의 명의는 Y—어패럴이고, 필요한 서류는 이미 제출되어 있어 가능한 일이다.

다음으로 사우나에 들러 목욕을 했고, 거기서 이발과 면도도 했고, 때도 밀었다. 그러곤 곧장 누군가를 만났다.

현수가 보낸 호텔 컨시어지[4]라고 했다.

그가 가져온 고급 승용차는 곧장 백화점으로 향했다. 거기서 양복, 드레스 셔츠, 허리띠, 구두, 내의 등을 구입했다.

혼자 갔다면 입구에서 쫓겨났을 것이다. 냄새나는 노숙자가 드나드는 걸 어떤 백화점이 좋아하겠는가!

아무튼 호텔로 가서 다시 때 빼고 광내는 온갖 서비스를 받았다. 얼굴에 팩을 뒤집어쓴 채 손톱과 발톱이 다듬어졌다.

삐죽 나와 있던 코털도 깔끔하게 정리되었다.

룸에서 식사를 마친 박근홍은 최근 동향을 검색했다. 그러곤 ㈜까사에 근무했던 직원들의 근황을 파악했다.

헤어질 때 얼굴 붉히지 않았던 직원들에게만 연락하였기에 모두들 근홍의 전화를 반갑게 받아주었다.

다들 먹고살아야 하니 다른 곳에 취직해서 일하고는 있지만 언제든 불러만 주면 응하겠다는 답을 들어서 기분이 좋았다.

다음으로 근홍이 한 일은 체취를 빼는 것이다.

노숙생활을 하면서 제대로 씻지도 못하고, 옷도 갈아입지 못해 목욕을 해도 몸에서 냄새가 났다.

이를 없애려 향수를 뿌렸더니 두 냄새가 짬뽕이 되어 토할 것 같은 기이한 냄새가 풍겼다. 하여 무리되지 않을 정도로

---

4) 컨시어지(Concierge) : 객실서비스를 총괄하는 사람. 고객이 요구하는 모든 서비스를 제공하는 만능해결사

사우나에서 땀을 뺐다.

그러는 동안 의사의 처방에 따라 영양실조 처방식 위주로 먹었으며, 비타민도 충분히 보충받았다.

덕분에 노숙자였던 모습은 이내 사라졌다.

Y—코스메틱의 태정후 전무이사와 이예원 이사의 외양도 많이 달라져 있다. 공장을 처분한 돈으로 지긋지긋하던 채무를 몽땅 해결하였으니 얼마나 속이 시원하겠는가!

게다가 새로 입주한 45평 형 아파트는 너무도 좋았다.

말끔한 인테리어와 무엇 하나 빠지지 않은 가전제품, 그리고 한강이 조망되는 뷰가 일품이었다.

현수의 뜻에 따라 각기 자동차 한 대씩을 구입했다. 이리저리 움직이려면 꼭 필요했던 때문이다.

공장이 있는 경기도 화성시 팔탄면을 수시로 오가야 했는데 대중교통을 이용하면 시간이 너무 많이 걸려서이다.

하여 태정후 전무는 그랜저 2.4를, 이예원 이사는 소나타 2.0을 구입했다. 더 큰 차, 또는 외제차도 괜찮다고 했지만 지금은 그 정도가 딱 맞는다고 고집을 부렸다.

불경기라 차는 이틀 만에 인수할 수 있었다.

어쨌거나 그날 이후 바쁘게 움직이며 Y—코스메틱의 기틀을 잡아가는 중이다.

오늘 오전엔 바로 옆 공장과 임야를 매입했다.

태을제약 공장이었던 4,000평짜리 이외에 추가로 8,000평 정도 되는 공장과 뒤편의 임야 33,000평을 산 것이다.

공장은 90억 원에, 임야는 264억 원에 매입했다.

총 399억 원에 취득세 18억 원, 그리고 등기비용 및 생산라인 정리비용 등을 합하면 420억 원 가량 들어간다.

Y—코스메틱은 본격적인 출발을 위해 순항 중이다.

조연 Y—엔터 지사장은 다이안의 스케줄 때문에 골치가 아프다. 너무 많은 출연 요청 때문이다.

하여 어떤 방송인지를 꼼꼼히 따지고 있다.

지금까지는 방송국이 '갑'이고 다이안이 '을'이었지만 그것이 역전되었으니 입맛에 맞는 프로그램을 고를 위치가 된 것이다.

행사 문의도 쇄도하고 있다. 그래서 익스플로러 밴의 하루 주행거리가 매일 1,000㎞ 이상씩 쌓이고 있다.

새벽 일찍 출발하여 대전, 대구, 울산, 부산, 창원, 목포, 광주, 전주, 청주를 차례로 방문했던 날도 있다.

일반 행사가 아니라 지방 방송국 위주로 돌아다닌 것이다.

군통령의 자리는 이미 완벽하게 굳힌 상태이다.

속살이 훤히 보이는 야한 복장이 아님에도 그러하다. 모두가 한 미모 하는데다 노래까지 좋으니 당연한 일이다.

조연 지사장의 아우인 조환 매니저만으로 부족하여 로드 매니저를 하나 더 고용했다.

매일 매일 엄청난 거리를 이동하니 교대로 운전할 사람이 필요했던 것이다.

잡지사 인터뷰 요청도 어마어마하다. 선별하여 인터뷰에 응하고 있음에도 멤버들이 쉴 시간이 부족했다.

요즘은 다음 번 앨범에 실릴 노래를 연습하는 중이다. 물론 현수가 준 곡들이다.

이게 발표되면 빌보드 차트가 또다시 요동칠 것이다. 1~2위 자리를 내어주면서 두 칸씩 밀리게 될 것이다.

＊   ＊   ＊

어쨌거나 오늘은 Y—그룹 임직원들의 상견례를 위한 자리이다. 현수는 테이블 위의 명판을 살펴보곤 각각의 자리에 놓인 잔을 살폈다.

솜씨 좋은 장인이 크리스털을 깎아서 만든 것으로 하나는 붉은색, 다른 하나는 푸른색 세트이다.

용량 200cc인 이 잔은 하나당 25만 원 정도 된다.

이 잔의 바로 옆에는 한눈에 보기에도 예술품이라는 생각이 들 정도인 병이 하나씩 있다.

크리스털 마개가 있는 작은 병에는 100cc 정도 되는 하얀

색 액체가 담겨 있고, 중간쯤엔 'E—W'라 쓰인 파란색 문자가 양각되어 있다.

이건 엘릭서 화이트(Elixir—White)이다.

이 병의 밑에는 눈에 보이지 않는 마나집적진이 새겨져 있다. 마냥 주변의 마나를 빨아들이는 게 아니라 일정량이 채워지면 더 이상은 수용하지 않는 것이다.

뭐든 과(過)한 것은 부족한 것만 못하기 때문이다.

이 병의 안에 일정 비율의 마나포션과 회복포션, 그리고 만드라고라 엑기스 및 몇몇 약품이 들어가면 만병을 치유케 하는 엘릭서 화이트가 만들어진다.

전설처럼 전해져 오는 엘릭서는 죽은 사람도 되살리는 것으로 알려져 있으나 이는 사실과 다르다. 죽은 자를 살리는 건 10서클 부활마법 '리절렉션(Resurrection)' 뿐이다.

이실리프 제국의 초대황제로 군림하던 현수는 일선에서 물러난 뒤 다양한 연구를 한 바 있다.

그중 하나가 엘릭서 제조였다. 이게 투여되면 죽음 직전에 있다 하더라도 되살아나는 것은 분명하다.

그런데 모두가 그런 상황인 것은 아니다. 하여 미라힐처럼 다양하게 희석하여 임상시험을 해보았다.

그 결과 여러 종류의 엘릭서가 만들어졌다.

농도 1%짜리는 엘릭서 레드(E—R)로 명명되었다.

인큐베이터 안의 아기에게 수분을 보충시키며, 면역력을 키워주고, 기력을 돋우는 데 사용된다.

한때는 건강음료 원액에 섞어서 쓰기도 했다.

오랫동안 중금속이 함유된 물을 마셨거나, 폐광에서 흘러나온 물 등으로 건강을 해친 마을 사람들에게 제공되었다.

원액을 1,000~10,000배 이상 희석하였으니 실제 농도는 0.001%~0.0001% 이하가 되었을 것이다.

농도 2%는 엘릭서 오렌지(E-O)로 명명되었다.

제아무리 심한 감기 몸살이었다 하더라도 이것 한 병이면 금방 자리를 털고 일어난다.

체내의 피로물질을 금방 분해하며, 근육통에도 효과가 있다.

농도 5%인 옐로우(E-Y)는 해독작용이 탁월하다. 수은이나 납과 같은 중금속을 쉽게 배출시킨다.

10%는 그린(E-G)이다. 1~2기 암을 완치시킨다.

25%는 블루(E-B)이다. 3기 암에 적당하다.

50% 다크 블루(E-D)는 4기 암을 치료해 낸다.

75% 바이올렛(E-V)은 교통사고 등으로 인한 중증외상을 순식간에 아물게 한다. 물론 뼈 부러진 것 등은 제대로 맞춰놓고 사용해야 한다.

100%인 화이트(E-W)는 그야말로 만병통치약이다. 숨만 넘

어가지 않았다면 모든 질병에 작용하며 완쾌시킨다.

오늘 참석하는 Y—그룹 임직원과 그 가족들은 목숨이 위태
로울 질병에 걸리지 않은 상태이다.

이중 가장 급한 사람이 임신중독증으로 고생하는 강연희이
다. 이 정도는 엘릭서 옐로우 정도면 충분히 해결된다.

본인은 모르겠지만 권지현의 자궁 속 태아는 염색체 이상
으로 인한 다운증후군[5]일 확률이 매우 높다.

이건 옐로우보다 한 단계 위인 E—G를 쓰면 된다. 발생초기
이니 충분히 해결된다.

이 자리에 참석한 모두에게 농도 100%짜리를 내주려는 건
YG—4500이 가지고 내려온 것이 E—W뿐이기 때문이다.

이걸 마시면 말기암 환자도 이틀 안에 완치된다.

김인동과 박근홍은 면역지수가 상당히 낮다. 태정후와 이
예원 역시 좋은 편은 아니다. 민윤서도 대동소이하다.

모두 앞으로 오랫동안 함께할 사람들이다. 그렇기에 더 낮
은 걸 줘도 되지만 기꺼이 엘릭서 화이트를 준비한 것이다.

"어서 오세요."

김지윤이 가장 먼저 들어선 김인동과 권지현 부부를 맞아

---

5) 다운증후군(Down syndrome) : 상염색체(常染色體) 이상으로 정상
염색체 외에 21번의 염색체가 여분의 염색체를 1개 더 가지게 되어 발
생. 약 750명 중의 1명 정도

들인다.

"Y-그룹 상견례에 오신 거죠? 성함이…?"

"저는 김인동, 이쪽은 제 아내인 권지현입니다."

"네! 환영합니다. 저쪽 자리에 앉아주세요."

김인동 권지현 부부는 자신들의 명패가 있는 탁자에 자리를 잡았다. 다음으로 들어선 것은 박근홍이고, 곧이어 주인철, 주인숙 남매가 들어섰다.

곽진호 부부가 가장 나중에 들어섰는데 강연희의 안색이 매우 좋지 못했다.

'으응? 도로시! 연희에게 무슨 문제 있는 거야?'

'네, 방금 전 심한 두통이 있었어요. 그래서 그래요.'

'그거 말고는 괜찮은 거야?'

'부종(浮腫)도 심하고, 시력장애도 겪고 있지만 아주 심한 건 아니에요. 마음 놓으세요.'

'알았어.'

엘릭서 화이트가 있으니 당장 숨넘어갈 지경이 되어도 무방하다. 그렇기에 현수의 표정엔 큰 변화가 없다.

김인동, 권지현, 곽진호, 강연희, 주인철, 주인숙, 박근홍, 민윤서, 그리고 태정후, 이예원, 조연까지 모두 참석했다.

천지건설 김지윤 차장까지 총 12명은 데면데면한 표정으로 서로를 살피고 있다.

"좌석의 앞을 보시면 명찰이 있습니다. 본인의 것을 달아주

시기 바랍니다."

김지윤 차장의 말이 끝나자 모두 명찰을 단다. 큰 글씨로 소속과 성명이 기입되어 있다.

Y-에너지 태양광사업부 주인철	Y-에너지 배터리사업부 곽진호
Y-스틸 김인동	김인동 배우자 권지현

서로가 서로의 성명과 소속을 익히고 있을 때 안쪽 문이 열렸고, 깔끔한 양복 차림의 현수가 들어섰다.

김인동 과장 등이 일제히 자리에서 일어서려 하자 얼른 손짓하여 만류했다.

"아아! 일어나지 마십시오. 그냥 계세요."

모두 어정쩡한 자세로 현수를 살피다 슬그머니 앉는다.

현수를 처음 보는 권지현과 강연희는 시선을 거두지 않았다. 하여 자연스레 시선이 마주쳤다.

정말 오랜만에 보는 모습이다. 그런데 기억과 약간 다르다.

둘 다 세기의 미녀 소리를 들을 정도로 아름다웠는데 지금은 그에는 살짝 못 미치는 느낌이었던 것이다.

그렇다 하여 예쁘지 않다는 건 아니다. 둘 다 여전히 아름답기는 하지만 2%쯤 부족하다는 것이다.

어쨌거나 현수는 옛 아내들을 보는 순간 심쿵 했다.

하지만 이내 시선을 돌려 나머지 참석 인원들과 두루 시선을 마주쳤다. 누가 봐도 자연스러운 모습이었다.

가볍게 눈인사를 마친 현수가 자리를 찾아 앉았다.

"반갑습니다. 여러분! 하인스 킴이라 합니다. 오늘 이렇게 Y—그룹 임직원 여러분들을 만나게 되어 참으로 기쁘네요."

모두의 시선을 한 몸에 받고 있지만 현수는 조금도 쭈뼛거리거나 어색해하지 않고 모두를 둘러본다.

제국의 황제로서 지내온 세월 때문인지 '카리스마+아우라'가 뿜어지는 중이다.

"먼저 Y—인베스트먼트의 이력을 소개하고, 임직원 여러분의 친교를 나누는 시간을 갖도록 하겠습니다. 이 자리엔 없지만 곧 다른 계열사의 임직원들도 곧 모실 것입니다."

현수가 눈짓을 하자 김지윤 차장이 리모컨을 누르며 조명을 껐다. 어둠과 동시에 순백의 스크린이 내려왔고, 빔 프로젝터에서 빛이 뿜어진다.

가장 먼저 바하마 그레이트 아바코 섬의 중심도시인 매쉬

하버 북쪽의 아름다운 해변 팜비치 전경이 보여진다.

누가 봐도 멋진 휴양지이다.

모두들 저런 곳에서 지내봤으면 하는 생각을 할 때 아름다운 여인의 음성이 들린다. 도로시의 음성이다.

"이곳에 Y—인베스트먼트가 태동한 저택이 있습니다."

말 끝나기 무섭게 70만 달러를 들여 구입한 저택이 나타난다. 한국과 달리 부동산 가격이 상대적으로 저렴하여 누가 봐도 멋진 저택이라 할 만한 건물이다. 다이안 멤버들이 감탄사를 연발할 정도로 널찍하고 잘 지어진 건물이다.

"Y—인베스트먼트는 투자전문 회사로……."

도로시는 담담한 음성으로 Y—그룹에 대한 설명을 하였다.

Y—엔터, Y—에너지, Y—메디슨, Y—코스메틱, Y—스틸, Y—어패럴에 대한 설명부터 했다.

각각의 1차 자본금이 1억 달러, 1,175억 7,500만 원이라는 설명에 모두들 상기된 표정이다.

어떤 회사가 시작할 때부터 이런 거액을 자본금으로 하겠는가! 적어도 돈이 부족해서 일을 추진하지 못하는 일은 없을 것이란 생각을 했다.

다음은 Y—빌딩입니다.

화면이 바뀌면서 커다란 건물들이 보인다.

"서울시 마포구 신수동에 자리 잡게 될 이 건물은……."

도로시가 김지윤 차장에게 추가매입을 지시했던 부지를 모두 사들이는 것을 감안한 내용이다.

화면엔 4만 5,000 평짜리 부지 한복판에 6개의 건물이 들어서 있는 모습이 나타났다.

이 조감도는 그림이 아니라 사진과 같은 모습이다. 그래서 모두가 실존 건물이라 생각하며 고개를 갸웃거렸다.

한 번도 보지 못한 건축양식의 건물이었던 때문이다.

유리가 많이 사용되는 미래지향적인 설계였는데 실제로 이 건물은 2300년대 주거양식으로 설계된 것이다.

더 먼 미래의 설계방식을 도입해도 되지만 그러면 시공이 불가능하다. 약간의 무리를 하면 현재의 기술로도 시공할 수 있는 건물을 고르다 보니 이게 당첨된 것이다.

홍수 발생 시 부지 외곽에서 5m 높이의 수밀차단벽이 올라 간다는 설명을 할 때 이를 구현한 CG가 보였다.

주변건물은 2층까지 물이 차올랐음에도 Y—빌딩은 아무런 피해도 입지 않는 모습이다.

"와아~!"

다들 입을 벌린 채 화면에 시선 고정이다.

이때 한 쌍의 부부가 부지 외곽의 울창한 숲속을 달리는 모습이 구현되었다. 당연히 CG이다.

"이 조깅 코스는 약 1.5km 정도가 됩니다."

"어머, 예뻐라."

조깅코스 인근에 하얀 토끼들이 깡총거리며 다가서는 모습을 본 권지현의 입에서 나온 소리이다.

이를 기다렸다는 듯 도로시의 설명이 이어진다.

"쾌적하고 오염되지 않은 숲엔 방금 보신 것처럼 토끼나 사슴을 방목해서 키울 예정입니다."

아주 오래전 현수의 양평 저택엔 나자리노와 그리셀다라는 늑대와 그 새끼들이 살았다.

저택의 뒤편 숲에 살고 있는 사슴 가족을 보호하는 한편 외부로부터의 침입자들을 잡아내는 임무가 부여되어 있었다.

아이들이 태어난 이후 저택엔 새로운 식구가 생겼는데, 바로 토끼들이다. 깡총거리는 모습이 귀여워서 들여놓았는데 아이들 정서발달에 큰 도움이 되었다.

그렇기에 토끼를 방목할 계획을 세운 것이다.

화면엔 물이 찰랑이는 연못도 보인다. 연꽃이 피어 있고, 잉어와 붕어 등이 유유자적하게 헤엄치고 있다.

창덕궁 후원에 자리 잡은 부용지(芙蓉池)를 본 따 만든 것이다. 그것과 다른 점은 물이 맑고, 부들이나 옥잠화, 수련 등이 무성하다는 것이다.

연못 귀퉁이엔 멋들어진 정자가 있다.

부용지의 부용정(芙蓉亭)처럼 기둥 2개가 연못 속에 박혀 있다.

정자의 바닥은 연못을 관찰할 수 있는 유리바닥이다.

사방이 트여 출입이 자유로운데 겨울엔 방한을 위한 유리
문이 장착되도록 되어 있다. 단청(丹靑)도 매우 곱다.

어쨌거나 Y─빌딩에 대한 설명은 이어졌다.

"다음은 지진에 대비한 내용입니다."

Y─빌딩은 제진설계가 되어 리히터 규모 8.0에서도 안전하
다는 것을 시뮬레이션해서 보여주었다.

내진(耐震)이라는 말은 여러 번 들어봤어도 제진(制震)과 면
진(免震)이라는 말은 익숙하지 않은 듯한 표정들이다.

하여 이에 대한 간단한 설명을 곁들였다.

내진은 '지진을 견딘다' 는 뜻이다.

이것의 핵심은 철근콘크리트 내진벽으로 건물을 단단하게
하는 것이다.

지진이 나면 사람들이 대피할 정도의 시간을 벌어주는 지
연 효과는 있을지 몰라도 건물은 금이 가거나 파괴되어 나중
에 사용할 수는 없을 수 있다.

면진은 '지진을 면한다' 는 뜻이다.

지진으로 인해 흔들리는 땅과 건물을 분리시켜, 건축물과
땅 사이에 진동충격 완충장치를 사용한다.

볼 베어링이나 스프링, 방진고무 패드를 설치하여 땅의 흔
들림을 건물에 보다 적게 전달하는 방법이다.

마지막으로 제진은 '지진을 제압한다' 는 뜻이다.

지진으로 인한 진동의 반대방향으로 건물을 움직여 그 충

격을 상쇄(相殺)시키는 방법이다.

제진의 방법으로 힘을 발생시키느냐, 감소시키느냐에 따라 소극적 방법과 좀 더 적극적인 방법으로 나뉜다.

어쨌거나 Y—빌딩은 서기 3200년의 지진대비 기술이 적용된 것이라는 것을 이들은 눈치채지 못할 것이다.

Chapter 04
—
엘릭서 화이트

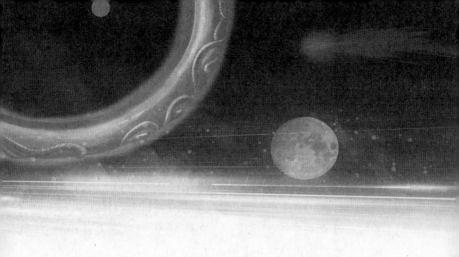

　도로시의 설명은 계속해서 이어졌다.

　"이제부터 설명할 것은 화재를 대비한 것입니다."

　Y—빌딩엔 많은 사람들이 거주하거나 근무하게 될 것이다. 따라서 화재에 대한 대비가 반드시 필요하다.

　첫째는 화구(火口) 감시이다.

　지하 8층에 위치한 관제실(Control room)에선 건물전체의 화구를 실시간 감시한다.

　주방에 고정된 가스레인지뿐만 아니라 가정용 전기레인지와 손님들이 사용하는 테이블 위의 이동식 가스레인지도 실시간으로 감지하고 있다.

그러다 특정온도 이상이 되거나 화재가 감지되면 즉시 이산
화탄소 가스가 뿜어져 나가 소화시킨다.

눈으로 식별할 수 없는 열감응마법진과 소화마법진이 적용
된 능동소화기술이다.

일단 화재가 발생되면 방화문이 가동되어 화재가 번지는 것
을 막으며, 자동으로 창문이 열려 유독가스를 배출시킨다.

아울러 아래층의 화재가 위층으로 번지는 것도 차단된다.
미래의 센서와 차단기술이 적용된 것이다.

"다음은 규모에 대한 설명입니다. Y—빌딩은……."

부지매입이 조금 전에 완료되었다는 천지건설 측의 보고가
있었다. 하여 도로시가 즉석에서 설계한 내용이다.

도로시는 부지의 위치를 고려하여 최적의 설계안을 도출
해 냈다. 바닥면적 1,500평인 50층짜리 건물 3동과 바닥면적
2,000평인 60층짜리 건물 3동이다.

지상층 면적의 합계는 58만 5,000평이다.

김승섭 변호사는 서울시로부터 도로부지 118평을 매입하여
부지면적 4만 5,000평을 채워줬다.

이것의 용적률 1,300%가 58만 5,000평이다.

지하층의 용도와 지상층의 용도에 대한 설명이 간략하게 설
명되었다.

지하층을 설명하기 전에 4만 4,500평이 얼마나 넓은지를 설
명하였다.

잠실 올림픽 주경기장의 건축 연면적은 3만 3,816평인데 이는 지하 1층 및 스탠드 2층이 포함된 면적이다. 여기엔 6만 9,950명의 관중이 들어설 수 있는 좌석이 있다.

Y—빌딩의 지하층 한 층의 면적이 이보다 훨씬 넓음을 설명하자 다들 입을 벌린다. 놀랐다는 뜻이다.

지하에 1만 5,000여 평에 이르는 초대형 할인매장이 24시간 운영되고, 수영장을 비롯한 각종 체육시설과 멀티플렉스까지 한 자리에 들어선다.

요 대목에서 권지현, 강연희, 이예원, 주인숙 등 여성들의 눈빛이 심하게 반짝였다. 쇼핑이 여성 종특인 모양이다.

각각의 건물 지상 1층엔 거의 모든 업종의 점포들이 들어선다. 2~3층엔 한식은 물론이고 일본, 지나, 프랑스, 이탈리아, 베트남, 태국, 멕시코, 터키, 인도네시아 등 세계 각국의 요리를 맛볼 수 있는 음식점들이 들어선다.

뿐만 아니라 모든 종류의 주점들이 들어서게 된다.

소주, 맥주, 양주, 막걸리, 칵테일 등을 두루 즐길 수 있게 될 것이다. 이 건물에 들어설 수 없는 것은 카바레와 나이트클럽, 룸살롱, 단란주점 같은 유흥주점이다.

이 대목에선 남자들이 눈빛을 빛냈다.

박근홍, 민윤서, 태정후, 주인철, 조연 등이다.

각각의 건물 지상 4~6층은 임대사무실로 사용된다.

31,500평 중 4,000평은 서울시에 50년간 무상임대 된다.

추가로 매입한 사업부지 내 관공서들은 부지 및 건물을 공시지가에 매입해 주고, 각각 200평과 50평을 50년간 무상임대 하는 것으로 이야기가 진행되었다.

지상 7~10층은 Y—그룹 계열사들이 사용한다.

그리고 11층부터 꼭대기까지는 주거공간이 들어서게 되는데 총면적은 48만 평이다. 이는 현수의 지시에 따라 다음과 같이 건축될 예정이다.

구분	가구수	면적합계	직위
200평형	50	10,000	사장
150평형	100	15,000	부사장
100평형	200	20,000	전무
90평형	300	27,000	상무
80평형	400	32,000	이사
70평형	500	35,000	부장
60평형	600	36,000	차장
50평형	700	35,000	과장
40평형	800	32,000	대리
32평형	3,000	96,000	주임
25평형	5,680	142,000	사원
합계	12,330	480,000평	•

총 1만 2,330가구이다. 가구당 4명이 거주한다면 상주인원만 4만 9,320명이다.

평형별 가구수와 입주자격이 명시되자 잠시 술렁였다.

부사장 직위에 있는 민윤서와 박근홍은 150평 형이 확정되어 있고, 태정후는 100평 형, 이예원은 80평 형에 해당된다.

김인동과 곽진호, 그리고 주인철은 50평 형 입주대상이고, 주인숙은 40평 형에 입주할 자격을 얻었다.

조연 지사장은 부사장에 준하니 150평 형 당첨이다.

아무튼 화면엔 200평 형 펜트하우스의 내부 전경이 비춰지고 있다. 한마디로 럭셔리의 끝판왕인 모습이다.

널찍한 주방과 거실, 그리고 최고급으로 꾸며진 침실 등이 보였고, 위층에 오를 땐 오픈된 승강기를 사용한다.

투박한 현재의 엘리베이터가 아니라 100년쯤 미래에 사용될 세련된 디자인의 투명 승강기이다.

아래층에 있을 땐 올라서기만 하면 스르르 올라가고, 위층에서 내려올 때에도 저절로 작동한다. 손을 쓸 필요가 없다.

투명한 튜브 형태로 완전히 올라서지 않으면 작동되지 않는다. 사고를 우려한 조치이다. 물론 수동으로도 작동 가능하다.

화장실과 별도의 욕실엔 대형욕조와 사우나 시설이 되어 있다. 주방엔 대형 냉장고와 냉동고가 Built—in 되어 있다.

창밖 풍경은 두말하면 잔소리일 정도로 멋지다.

가상으로 재현한 봄, 여름, 가을, 겨울의 새벽과 낮, 그리고 저녁과 밤의 풍경이 보였다.

1년 365일이 빠르게 표현된 것이다.

인근에서 가장 높이 솟은 건물이므로 상당히 먼 곳까지 조망된다. 참고로, 60층짜리 Y-빌딩의 높이는 333m이다. 63빌딩이 248m이니 이보다 85m나 높다.

최상부에 위치하게 될 펜트하우스의 2층 베란다는 전용정원이나 텃밭으로 사용될 것이다.

각 건물 옥상엔 비상시 헬리콥터가 뜨고 내릴 수 있는 헬리포트가 있다. 총 12대가 동시에 이착륙할 수 있다.

나머지 공간은 수영장과 옥상정원 등으로 꾸며진다.

· 널찍한 파고라[6]와 유리온실도 있는데 아주 고급스러운 디자인이다. 이것 역시 미래의 디자인이다.

다음으로 150평형, 100평형, 90평형 순으로 설계도와 실내모습이 방영되었다.

32평형에 이어 마지막으로 25평형이 보인다.

2개의 널찍한 방과 주방, 그리고 거실과 화장실, 펜트리[7], 그리고 베란다의 모습이 보여진다.

세탁기와 건조기, 냉장고와 김치냉장고는 빌트인되어 있는

---

6) 파고라 : 퍼걸러(pergola), 등나무 따위의 덩굴성 식물을 올리어 만든 서양식 휴게시설의 일종으로 사방이 트여있고, 골조가 있는 지붕이 있어서 햇볕이나 비를 가릴 수 있으며 앉을 자리가 있는 시설물
7) 팬트리(Pantry) : 주방에 딸린 저장고로, 냉장고에 보관하지 않아도 되는 식자재들이나 각종 주방기구들을 보관하는 곳

모습이다. 에어컨이 없는 건 항온마법진이 적용된 실내온도조절장치를 설치할 예정이기 때문이다.

18~30℃ 사이를 1℃ 단위로 조절된다.

모든 평형의 주거공간 충고는 약 5.1m가 될 예정이다.

더 넓은 면적에 태양광발전필름을 부착하려는 의도도 있고, 답답함을 느끼지 않도록 하기 위함이다.

일반 아파트나 주택보다 충고가 훨씬 높기에 준공검사 후 복층으로 개조하면 더 넓은 공간을 사용할 수 있을 것이다.

25평 형은 신혼부부에게 적합하고, 32평 형은 아이가 하나나 둘 있는 가정에 맞도록 설계되었다.

어쨌거나 모두의 머릿속엔 200평 형 펜트하우스의 고급스러운 모습이 잔상처럼 남아 있다.

이때 도로시의 말이 흘러나온다.

"여기 계신 분들은 Y─그룹에 가장 먼저 합류하신 분들입니다. 따라서 여러분들은 최상층 펜트하우스에 입주할 확률이 가장 높을 것입니다."

Y─빌딩의 맨 마지막은 자본금 규모이다.

부지매입비용은 1조 5,750억 원, 건축비용은 4조 7,250억 원, 그리고 주민들 이주를 위한 인근 아파트 및 빌라 등의 매입비용 300억 원, 등기비용 3,000억 원, 설계비, 감리비, 학교 이전부지 매입비용 및 건축비 등을 합산하면 대략 7조 원 정도가 소요될 것으로 산출되었다.

이밖에 조경비 및 실내인테리어 비용이 추가될 것이므로 Y—빌딩의 자본금은 80억 달러로 책정되었다.

도표를 통해 각종 비용을 살피던 일행은 화들짝 놀라는 표정이다. 실로 어마어마한 투자인 때문이다.

그러거나 말거나 도로시의 말은 이어졌다.

"다음은 Y—파이낸스입니다. 고리(高利)로 신음하는 대한민국의 서민들을 위해 대부업에 나서기······."

Y—파이낸스가 서울에만 100개 점포를 내는데 준주거지역의 땅 200평을 매입하여 지하 2층, 지상 7층 건물을 지을 것이라 설명하였다.

지하 2층은 주차장으로 쓰고 180평 규모인 반지하 1층은 몽땅 Y—어패럴의 공장으로 사용된다.

1~2층은 영세자영업자에게 임대하고, 3층은 Y—파이낸스 및 Y—어패럴과 Y—메디슨, Y—코스메틱의 매장으로 쓴다.

4층부터 7층은 25평 형 18가구와 32평 형 3가구로 조성하여 직원들에게 무상 임대할 예정이라 하였다.

이에 필요한 자금의 내역 또한 명시되었다.

부지 매입비용은 약 7,000억 원, 건축비는 6,000억 원, 기존 건물 멸실비용 및 등기비용은 500억 원이다.

여기에 파이낸스 사업비가 추가되어 총 자본금은 70억 달러로 표기되었다.

마지막은 Y—그룹의 자본금 표였다.

Ent.	1억 달러	어패럴	1억 달러
에너지	1억 달러	코스메틱	1억 달러
스틸	1억 달러	빌딩	80억 달러
메디슨	1억 달러	파이낸스	70억 달러

총 156억 달러, 18조 3,417억 원이다.

통계청이 발표한 2016년 3월 기준 서울시 인구는 약 1,000만 명이다. Y-그룹의 자본금은 서울시민 모두에게 1인당 183만 4,170원씩 나눠줄 수 있는 돈이다.

아직 법인을 세우지 않은 Y-CP와 Y-CR, 그리고 Y-퍼퓸 과 Y-엔진 등이 추가되면 160억 달러가 된다.

CP는 불법복제 차단, CR은 저작권 보호, 퍼퓸은 향수, 엔진 은 현재 사용되고 있는 휘발유와 디젤 엔진이 자리를 대신할 고효율 무공해 엔진을 만들려는 회사이다.

어쨌거나 너무 큰 액수들만 나와서 그런지 다들 무덤덤한 것 같다. 사실은 너무 커서 질렸기에 그런 표정인 것이다.

"자! 이것으로 Y-그룹에 대한 요약 설명을 마치겠습니다."

도로시의 발언을 끝으로 스크린이 올라가고, 장내가 환해 진다. 김지윤 차장이 스위치를 올린 것이다.

"잘 보셨습니까?"

"네에!"

모두가 이구동성으로 대답한다.

민윤서와 태정후 등 몇몇은 이미 Y—인베스트먼트의 재력을 경험한 바 있다. 그렇기에 누구보다도 큰 소리로 대답했다.

"여러분들과 오래도록 함께하고 싶은데 그래 주실 거죠?"

"그럼요!"

"당연합니다."

"네에, 그럴게요."

각각 다른 대답이었지만 동의하는 건 마찬가지였다.

"그럼 건배 한번 할까요? 근데 임산부가 계시니 술은 쫌 그렇습니다. 그래서 제가 특별히 구해온 게 있습니다. 앞에 놓인 크리스털 유리병과 잔이 보이시죠?"

"네에."

"유리병에 담긴 흰 액체는 Y—메디슨에서 생산하게 될 일종의 보약입니다. 100년 정도 된 천종산삼 등이 들어가서 몸에 아주 좋을 겁니다. 이걸 잔에 따라주십시오."

"……?"

잘 나가다가 이 대목에서 삐끗한다. 이건 대체 뭐지 하는 표정인 것이다.

가장 먼저 잔에 따른 건 Y—엔터의 조연 지사장이다. 현수에 대한 신뢰가 가장 두텁기에 하라는 대로 한 것이다.

"흐으으음!"

잔에 담긴 흰 액체에선 심신을 상쾌하게 하는 향기가 풍겼다. 페퍼민트와 바닐라 향이 섞인 듯한 냄새이다.

"이걸 마시게 되면 웬만한 질병 정도는 2~3일 내에 해결될 겁니다. 임산부에게도 무해하니 믿고 드셔도 됩니다."

현수의 시선을 받은 권지현과 강연희는 떨떠름한 표정으로 엘릭서 화이트를 따랐다. 이걸 마셨다가 태중의 아이가 혹시라도 잘못되면 어쩌나 하는 마음 때문이다.

하지만 분위기 상 거절할 수 없었다.

'괜찮겠지? 괜찮을 거야. 설마 몸에 해로운 걸 준비했겠어? 이런 자리에……!'

'으으, 머리가 빠개지는 거처럼 아픈데 이거 먹고 다 나았으면 좋겠다. 붓기도 빠지고.'

권지현과 강연희의 생각이었다.

"자! 모두 따르셨습니까?"

남들 다 먹는데 본인만 안 먹는다면 괜한 의심을 받을 수 있다. 그렇기에 현수도 잔에 따른 뒤 치켜들었다.

"Y—그룹의 무궁한 발전과 여러분들의 건강을 위하여!"

"위하여!"

*   *   *

쭈욱, 쭈우욱—! 쭈우우욱!

모두가 엘릭서 화이트를 복용하였다. 가장 끝에 앉은 김지윤도 마찬가지이다.

"후와아~!"

"으응? 이건······!"

"와아! 이거 뭐죠? 맛이 정말 깔끔하네요."

"흐으으음! 향이 정말······."

민윤서는 호흡과 함께 부비강[8]을 빠져나가는 향내에 집중했다. Y—메디슨에서 발매하게 될 것 같아 분석해 보려는 것이다.

그런데 냄새가 바로 빠져나가는 것이 너무 아깝다.

마시자마자 입안에 이어 식도와 위가 시원해지는 느낌이 들었기 때문이다.

현수는 지현과 연희가 엘릭서 화이트를 복용한 걸 지켜보았다. 안 마시면 꽝이기 때문이다.

다행히 별 의심 없이 둘 다 끝까지 들이켰다.

"어머! 이건······?"

골이 빠개질 듯하던 두통이 스르르 사라지자 강연희는 이건 대체 뭔가 하는 표정으로 유리병을 살핀다.

권지현은 오늘 어려운 자리에 있어서 그런지 속이 더부룩했었다. 그런데 아주 말끔하게 사라졌다.

---

8) 부비강(副鼻腔) : 비강을 둘러싸고 있는 두개골 내에서 발달되어 공기를 함유하는 강(腔)으로 태생기부터 나타나서 생후에 완성됨. 내강은 비점막에 연속되어 비강과 연결되어 있음

'도로시! 특이사항 있으면 보고해!'

'보고할 게 뭐 있나요. 무려 엘릭서 화이트인데요. 다들 모든 질병으로부터 치유되고 있어요. 강연희님의 임신중독증은 오늘로 끝이구요. 권지현님 태중의 아기는 아주 똑똑한 녀석이 되어 태어날 거예요.'

'그래? 그거 다행이네.'

사랑했던 옛 아내들이 건강해진다는 말에 흐뭇한 미소를 지었다.

'김인동님의 면역지수 95로 상승했어요. 박근홍님 장기들도 모두 정상이 되어가구요. 이예원님은 변비와 생리불순으로부터 해방되었어요. 비정상이었던 신장기능도 원활해졌구요.'

도로시의 보고를 듣고 있던 현수는 김지윤과 시선이 마주치자 고개를 끄덕였다. 준비된 음식을 들이라는 신호였다.

잠시 후, 여러 명의 종업원들이 들어와 일사불란하게 세팅을 하곤 물러났다.

"맛있게 드십시오."

"하하! 네에."

모두가 한두 점의 고기를 먹었을 때 현수가 자리에서 일어났다. 가장 가까이 앉은 김인동에게 다가서자 부부가 얼른 일어선다.

"김 과장님. 오시느라 고생 많으셨죠?"

"아유! 아닙니다. 참, 이쪽은 제 아내입니다."

"김현수입니다."

현수가 먼저 고개를 숙이자 지현 또한 조신하게 예를 갖춘다. 1,000년도 넘는 세월 만에 다시 만난 옛 아내지만 가슴이 떨리거나 눈물이 나오진 않았다.

"저는 권지현입니다."

"네에. 김 과장님, 잘 부탁드립니다."

"네! 고맙습니다. 사장님 덕분에 이이가 죽다가 살았는데 감사인사도 못 드렸네요. 정말 감사합니다."

지현은 진심을 담아 다시 한번 정중히 고개를 숙인다.

사랑했던 아내가 다른 사내를 위하는 모습이 낯설기는 하지만 현수의 올해 나이는 2,961세다.

득도한 고승보다도 더 명경지수의 마음을 갖고 있기에 낯설다는 느낌 외에는 없었다.

다음은 곽진호 부부의 자리로 가서 술을 한잔 따라주었다.

"사장님! 제 아내입니다."

"반갑습니다. 김현수입니다."

강연희 또한 정중히 예를 갖추었다. 현수에겐 첫사랑이나 마찬가지인 존재지만 세월이 오래 흘러 그런지 또 담담했다.

민윤서와 박근홍, 태정후와 이예원, 조연, 주인철과 주인숙에게도 술을 따라주었다.

마지막은 김지윤 차장이다.

"무리한 일을 부탁해서 당혹스러우셨죠?"

"아뇨! 아닙니다. 당연히 제가 할 일이었어요."

신형섭 사장의 의도대로 비서 역할을 했다는 의미이다.

"술 괜찮아요?"

"네에, 그럼요!"

환히 웃으며 고개를 끄덕이는데 아주 오래전 기억 하나가 문득 떠올랐다.

현수가 천지건설 전무일 때 기획영업단 회식을 했다. 그때 김지윤은 노래를 부르다 말고 엉엉 울었다.

가수 이상우가 발표했던 '바람에 옷깃이 날리듯' 이란 곡이었다. 그러곤 속칭 '골뱅이' 가 되어버렸다.

해외영업부 윤 차장과 사귀다 결별을 통보받아서 그런 것으로 기억된다.

그날 대리기사를 불러 술에 취한 김지윤을 집까지 데려다주었다. 같은 방향이라서 그랬다.

현수는 조수석에 앉았고, 지윤은 뒷좌석에 곯아떨어져 있었다. 왠지 불쌍해 보였다. 하지만 어쩌겠는가!

현수는 손을 뻗어 김지윤의 가방에서 지갑을 찾아 집주소를 확인했다. 그러곤 휴대폰 번호를 검색했다.

'엄마' 와 '우리집' 이란 번호로 걸었지만 둘 다 받지 않았다.

그러는 동안 풍납 초등학교 인근에 당도했다. 할 수 없이 내비게이션에 주소를 찍어 아파트 입구까지 들어갔다.

김지윤은 여전히 곯아떨어진 상태였다.

"으이구……. 그나저나 107동 906호면……. 아! 저기군."

아파트 입구를 찾았다 싶은데 누군가의 음성이 들렸다.

"지윤아! 너, 지윤이지? 어머, 누구세요?"

시선을 돌려보니 스웨터를 걸친 40대 후반으로 보이는 아주머니가 묘한 시선으로 바라본다.

"아! 김지윤 대리 어머님이십니까?"

"그런데요. 누구시죠?"

"저는 김 대리와 같은 회사에 근무하는 직원입니다. 오늘 부서 회식이 있었는데 과음해서……. 죄송합니다."

책임자로서 아래 직원이 술에 취할 때까지 내버려 둔 것이 미안하다는 뜻으로 한 사과이다.

그런데 그렇게 받아들이지 않는 모양이다.

"그쪽이 우리 지윤이 마음 아프게 한 사람인가요?"

"네? 그게 무슨……?"

현수의 말은 잘렸다. 모친의 속사포가 시작된 때문이다.

"요즘 애가 얼마나 우는지 알아요? 대체 왜 그랬어요? 우리 지윤이가 어디가 어때서 찬 거지요?"

팔짱을 낀 채 노려보는 김 대리의 모친이셨다. 딸의 마음을 아프게 한 것이 괘씸하다는 표정이다.

현수는 오해라는 말을 하려고 했지만 모친께서 먼저 입을 여셨다.

"생긴 건 멀끔하네요. 좋아요. 그건 인정할게요. 그런데 어디가 얼마나 잘나서 우리 지윤이한테 그런 거예요?"

"네……?"

뭐라 말하기도 전에 또 한 번 속사포 신공이 시작된다.

"우리 지윤이요, 중학교 다닐 때부터 전교 1등을 놓쳐본 적이 없는 애예요. 대학교 들어가서도 공부하느라 연애 한번 못해봤구요. 그리고 너무 착하고, 예쁜 아인데 뭐가 부족해서 우리 애한테 헤어지자고 한 거지요? 말해봐요. 그쪽은 뭐가 얼마나 대단한 건지."

"저어, 어머님! 그게 아니고요."

"아니긴요! 그리고 어머님이요? 내가 왜 댁의 어머님인 거죠? 댁이 애를 이렇게 만들어 놓고……."

매일 밤 베갯잇을 적시는 딸이 안쓰러워 한 말일 것이다.

"죄송합니다만 뭔가 오해가 있으신 것 같습니다."

현수는 차에 대기하고 있는 대리기사를 힐끔 바라보았다. 빨리 안 가니 투덜거리고 있는 듯하다.

"오해라니요. 그쪽이 헤어지자고 한 거 아니에요? 애는 그것 때문에 마음에 상처를 입어 날마다 우는 거구요. 얼마나 울었는지 알아요?"

"어머님! 저는 김 대리와 같은 직장에 있는 동료입니다."

"알아요. 동료라는 거. 같은 회사에 있으면서 그러면 못 쓰죠. 얘는 직장생활을 어떻게 하라고……."

해외영업부 윤 차장과 잠시 연애를 했고, 헤어지자는 통고를 받고 우울해했던 것이다.

"어머님! 저는 김 대리와 사귄 적 없습니다."

"뭐라고요? 애가 이렇게 되었는데도 사귄 적이 없다고 발뺌을 해요? 그리고 보니 양심이 불량한 사람인 모양이군요."

"에구! 그게 아니라니까요."

놔두면 오해만 점점 깊어질 것 같아 명함을 꺼냈다. 그리고 그것을 건네며 시선을 주었다.

"저는 김 대리가 몸담고 있는 부서의 장입니다. 오늘 저희 부서 회식이 있었구요. 저는 강 건너 저쪽에 사는데 가는 길에 김 대리 집이 있다고 해서 바래다주러 온 겁니다."

"네…?"

어두워서 명함의 글자들이 잘 안 보인 모양이다.

"아무튼 저는 김 대리를 무사히 인계해 드렸으니 이만 돌아가겠습니다. 대리기사가 기다리고 있어 어머님의 오해를 다 풀어드리지 못하는 점 죄송합니다. 그리고 김 대리가 과음하도록 내버려 둔 것도 죄송합니다. 만나 봬서 반가웠습니다. 그럼 이만 돌아가겠습니다."

이번엔 현수가 속사포 신공을 발휘했다. 그러곤 얼른 차에 올라탔다.

대리기사는 기다렸다는 듯 즉시 액셀러레이터를 밟았다.

"이봐요. 이, 이봐요. 그냥 가면 어떻게 해요? 이봐요. 야! 이 나쁜 놈아. 내 딸 책임져! 거기 서! 서란 말이야."

김 대리의 모친이 손짓으로 차를 세우라 하였지만 무시하고 달렸다. 2013년 10월 29일 밤의 해프닝이었다.

그때를 떠올린 현수가 피식 실소를 머금었다. 그런데 그게 김지윤 차장으로 하여금 심쿵하게 만든 듯하다.

'와아~ 폐하! 김지윤 차장의 심박수가 급격하게 증가했어요. 이런 게 연애인가요?'

'뭐라고?'

'폐하는 정말 연애 고수이신가 봐요. 웃음 한 방으로 고고한 김지윤 차장의 심장을 마구 뛰게 하는 걸 보면!'

'그만!'

'좋아요, 아주 좋아요! 오늘 제 연애관련 데이터 빵빵하게 늘려주실 거죠?'

도로시는 인공지능답지 않게 흥분한 듯 속사포를 쏜다.

'제가 확인한 바에 의하면 김지윤 차장은 지금까지 단 한 번도 누군가에게 마음 준 적 없는 순결 그 자체예요.'

'……!'

김지윤에 대한 모든 데이터를 수집한 모양이다. 하긴 이 정도는 1초 안에 긁어모을 수 있는 내용이다.

'김지윤 차장은 학창시절에도 오로지 공부만 했어요. 그래

서 다른 친구들 모두 아이돌에 빠져 허우적거릴 때에도 홀로 고고했지요. 그리고 김지윤 차장은……'

'도로시! 그만. 근데 왜 김지윤 차장을 미는 거야?'

'황비(皇妃)로서 아주 적당해요. 두뇌 뛰어나고, 얼굴 예쁘고, 몸매도 좋은데, 성품까지 좋아요. 게다가 아주 꼼꼼한 성품이며, 업무추진 능력도 발군이에요. 청소도 잘하구요.'

'또 없어?'

도로시는 가끔 집요할 때가 있다. 그렇기에 조사한 것들을 다 털어놓도록 할 필요가 있다.

'열성 유전자가 조금 있지만 이건 조금 전에 마신 엘릭서로 말끔해 해결되었어요. 수태 능력도 좋구요.'

'또?'

'출산하면 젖도 잘 나올 거예요.'

'끄응! 그만.'

'네! 암튼 노력바랍니다, 폐하!'

'어허~! 그만하라니까.'

'넵! 묵음모드 시작합니다.'

아주 잠깐 도로시와 대화를 나눈 현수는 김지윤에게 시선을 주며 입을 열었다.

"과음은 안 하실 거죠?"

"네에, 그럼요! 이따가 밤에 대표님을 모셔야 하잖아요."

누가 들으면 틀림없이 오해할 소리이다.

"네? 밤에 나를 모셔요?"

"이따 어떻게 가시려구요? 제가 모셔다 드릴게요."

"아! 운전이요? 괜찮아요."

"아니에요, 제가 모실 수 있게 해주세요. 네?"

애처로운 강아지의 눈빛이다.

'끄으응!'

현수는 속으로 침음을 삼켰다.

갑자기 심장이 콩닥콩닥 뛰는 것 같고, 귀가 빨갛게 달아오르는 것 같은 느낌이 들어서이다.

'이러지 말자! 엄청 어린애잖아.'

현수의 현재 나이는 2,961세이고, 김지윤은 아직 서른도 안 되었다. 2,931년 이상이면 100대 손과 같은 나이이다.

그런데 왜 심장이 반응하는지 알 수 없는 노릇이다.

Chapter 05
—
슈퍼노트 출현하다!

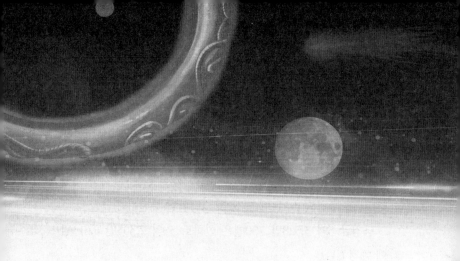

모두 배불리 먹고 마신 뒤, 현수가 다시 한번 자리에서 일어나 김인동 과장 부부에게 다가갔다.

"김 과장님! 인천까지 가야지요?"

"네! 그럼요."

"밖에 택시 대기시켜 놨으니 타고 가세요."

"아이고, 감사합니다. 안 그러셔도 되는데……."

"그리고 이거……."

"어! 이건 뭐죠?"

현수가 건넨 쇼핑백엔 엘릭서 화이트 세 병이 담겨 있다.

"어머니와 장인, 장모님도 하나씩 드시게 하세요. 정말 몸에 좋은 거예요."

"아이고, 네. 정말 감사합니다."

김인동과 권지현이 고개 숙여 감사해 할 때 일본 로또7 용지 하나를 건넸다.

3, 6, 7, 30, 32, 36, 37 이렇게 일곱 개의 번호가 적힌 것이다. 내일 추첨되고 1등에 단독으로 당첨될 복권이다.

당첨금 5억 3,528만 700엔은 한화로 58억 2,305만 9,613원에 해당된다.

"이건 제가 일본 출장을 갔다가 오면서 생각나는 번호를 골라본 겁니다. 추첨일은 내일입니다. 김 과장님의 복을 시험해 보십시오."

"아! 네에, 감사합니다."

현수가 건넨 복권을 소중히 갈무리할 때 권지현에게 시선을 주었다.

"저어, 부인은 무슨 일을 하시나요?"

"아! 전 공무원이에요. 인천법원에서 근무해요."

"그렇군요. 김 과장님을 이틀쯤 일본으로 출장 보내려 하는데 괜찮으시죠?"

"그럼요! 괜찮습니다."

권지현이 고개를 끄덕이자 준비한 메모지를 꺼내서 김인동에게 건넨다.

Y—스틸에 꼭 필요한 타공기[9] 제작을 일본 업체에 의뢰했으니 가서 점검해보라는 내용이 쓰여 있다.

공장은 도쿄 외곽에 소재해 있지만, 숙소는 시내 한복판에 자리 잡은 5성급 호텔이다. 예약은 물론 숙박비까지 모두 치러진 상태니 다른 곳을 이용하지 말라고 했다.

당첨금 지급장소와 가까운 곳에 위치한 호텔이고, 일부러 일본 업체에 타공기를 주문한 것이다.

다음은 곽진호, 강연희 부부이다.

강진숙 여사와 곽아영을 위해 엘릭서 화이트 2병과 로또7 복권을 건넸다. 이건 2등에 당첨될 예정이다.

당첨금은 1,330만 3,800엔이다. 한화로 환산하면 1억 4,472만 5,600원이다.

주인철과 주인숙, 그리고 박근홍에게도 각각 2등 당첨복권을 주었다. 당첨금으로 빚을 갚으라는 의도이다.

빚이 없는 조연, 민윤서, 태정후, 이예원은 3등 당첨복권이다. 당첨금은 119만 6,100엔, 1,301만 1,792원에 해당된다.

김지윤만 빼놓을 수 없어서 그녀에게도 로또7 3등 당첨복권을 주었다.

2016년 4월 29일에 추첨하는 로또7의 당첨자는 1등 1명, 2등 7명, 3등 109명이다. 이중 1등 1명과 2등 4명, 그리고 3등 5명의 주인이 모두 한국인으로 바뀌었다.

---

9) 타공기 : 철판 등에 구멍 뚫는 기계

이로써 Y—그룹 임직원 상견례가 마쳐졌다.

현수는 돌아가는 임직원들과 일일이 악수하며 앞으로 잘 부탁한다는 말을 했다.

그럴 때마다 광학스텔스 상태라 사람들 눈에 띄지 않은 신일호의 손가락에서 무언가가 뿜어져 나갔다.

평생 혈관 관련 질환으로부터 자유롭게 할 클린봇과 모든 종류의 암으로부터 안심할 수 있는 캔서봇이 투여된 것이다.

이는 직계가족 모두에게도 투여될 예정이다.

강연희와 권지현의 태중에 있는 아가들에게는 이미 투여되었다. 날 때부터 무병장수할 것이다.

이는 Y—그룹 임직원 및 그 가족에게 선사하는 눈에 보이지 않는 선물이다.

*　　　　　*　　　　　*

"헉! 이, 이, 일등이다! 일등이야!"

현수의 지시를 받아 타공기 제작현황을 살피러 일본으로 온 김인동은 노트북 화면에서 눈을 떼지 못한다.

이곳은 도로시가 예약해 준 5성급 호텔이며, 조금 전 들어와 샤워를 마치고 텔레비전을 보던 중 문득 생각이 나서 당첨번호를 확인해 본 것이다.

"가, 가만 일단 158회가 맞는지부터…… 마, 맞네!"

다음은 들고 있는 로또7 용지와 모니터의 숫자를 하나 하나 비교 확인한다.

"이, 일등 당첨번호는……. 3, 6 맞고, 7, 30도 맞네. 32, 36도 맞고, 37도 일치! 이, 일등 맞아."

김인동은 떨리는 손길로 당첨금 확인 버튼을 클릭했다.

《 2016년 4월 29일 로또7 158회 》

1등 1명

당첨금 5억 3,528만 700엔

"어, 얼마지? 환율, 그래, 환율을 확인해야 해."

김인동은 서둘러 www.daum.net을 입력하곤 화면이 바뀌자마자 얼른 '환율'이라 타이핑했다. 그리고 계산기로 두드려 보니 무려 58억 2,305만 9,613원이다.

"우와아~!"

김인동은 환호성을 지르다 얼른 입을 틀어막았다.

옆방에 실례되기 때문이기도 하지만, 그보다는 자신의 1등 당첨이 알려질까 두려워서이다. 외국인이니 누가 죽인 다음에 복권을 가져가 버리면 끝이다.

"참! 이거 세금은 얼마지?"

김인동은 궁금한 점을 차례로 확인해 보았다.

일본에선 당첨금에 대한 세금이 없다는 것에 환호성을 질렀다. 하지만 이를 한국으로 들여올 때엔 적지 않은 세금을 내야 한다는 걸 알게 되었다.

"제기랄! 나라에서 한 게 뭐 있다고 세금을 이렇게 많이 떼어가? 뭐 이런 개 같은 경우가 있지?"

나직이 투덜거린 김인동은 어떻게 하면 세금을 덜 낼 수 있을지를 고심했다.

이때 이메일 하나가 당도했다. 제목은 다음과 같다.

해외에서 국내로 송금할 때의 세금.

"뭐지? 내가 일본에 나온 걸 누가 알고 보낸 건가?"

말은 이렇게 하면서도 이메일을 클릭하여 열어보았다.

이전 같으면 컴퓨터 바이러스 때문에 보지도 않고 삭제했을 텐데 기분이 좋았다가 꽉 사그라진 느낌이 들어 저도 모르게 열어본 것이다.

내용을 확인해 보니 10억을 초과할 경우 40%의 증여세를 물도록 되어 있다.

"에이. 이럴 바엔 차라리 33%를 내고 말지! 내 참 더러워서. 뭐 이런 개 같은 경우가 있지? 빚 갚겠다는데."

김인동은 메일을 지워 버렸다.

그러곤 돈을 갚아야 할 대상들에게 전화를 걸어 상환액이 얼만지를 일일이 확인했다.

현재 일본에 있으며 귀국하자마자 채무 전액을 상환할 테니 영수증을 준비해달라고 했다. 이에 상대는 반색하며 조심해서 오라는 말까지 했다. 받는 걸 포기했었나 보다.

다 괜찮았는데 딱 하나 문제가 있다.

연 39%의 금리로 4억 6,000만 원을 빌린 사채업자 건이다. 어머니의 빌라를 강제집행해서 처분한 놈들이다.

돈을 갚겠다고 하니 그간의 연체이자가 가산되어 17억 8,827만 6,500원이 되었다는 것이다.

하여 뭔 이자가 이리 높냐고 하니까 연체를 하면 연 2,400%의 이자가 가산되며, 연체된 이자에 다시 연체이자가 붙는다고 했다. 완전 강도 같은 놈들이다.

하여 '내 장인이 누군지 모르느냐'는 협박성 발언을 했다.

하지만 사채업자는 크게 개의치 않는다는 듯 얼른 빚이나 갚으라는 소리만 반복했다. 그러면서 하루라도 늦으면 이자가 더 늘어난다는 협박을 했다.

"아! 그리고 말 안 했는데 조만간 권철현 지청장과 권지현 사무관을 찾아가서 아주 개망신을 당하게 해줄 생각이야. 알았어? 그러니까 빨리 갚아. 얼마를? 17억 8,827만 6,500원! 내일 갚을 때 이래. 모레가 되면 더 늘어나고. 알았지?"

김인동은 대답하지 않고 전화를 끊었다.

크게 잘못 걸렸다는 생각과 더불어 누구에게 도움을 청할 것인가를 생각할 때, 이 내용을 도청한 존재가 있었다.

디지털 세계의 전능한 권력자 '도로시 게일'이다.

딱히 김인동을 표적으로 한 도청은 아니었다.

도로시는 현재 전 세계의 모든 통화와 이메일, 그리고 위성으로 감지할 수 있는 모든 대화를 들여다보고 있다.

아울러 네트워크와 연결된 모든 컴퓨터의 하드디스크를 다 읽어낼 수 있지만 아직은 그러지 않는다.

굳이 그래야 할 이유가 없기 때문이다.

한마디로 세계 전체를 제 손바닥 위에 올려놓고 하나 하나 살피고 있다. 그럼에도 전 세계인구 73억 1,054만 6,614명은 이러한 사실을 전혀 모르고 있다.

아무튼 도로시가 대구에서 활동 중인 신육호에게 내린 지령은 다음과 같다.

대구광역시 달서구 두류동 ◇□−△▽◎ 번지 김종현(740307−6713127)에게 데스봇 레벨8 투여를 명(命)함.

아울러 그의 밑에서 서민들을 괴롭히는 데 앞장선 놈들 모두에게 데스봇 레벨7을 투여할 것!

서민들의 고혈을 빨아 배를 불린 것도 죄이고, 약자를 협박한 것도 죄이다. 무허가라 세금도 안 냈다.

도로시는 이를 친일파보다도 더한 악질이라 판단하여 데스봇 레벨8로 결정한 것이다.

밑에 것들은 주범의 지시를 받았다고는 하나 서민을 상대로 폭언과 협박, 그리고 폭행을 직접 가한 당사자이니 당연히 종범(從犯)으로 처벌받는 것이다.

대한민국의 썩어빠진 법은 다분히 '유전무죄, 무전유죄'이다. 죄 지은 게 분명함에도 툭하면 집행유예로 풀려난다.

이는 법률상 전과자로 기록되는 것 이외엔 별다른 처벌을 받지 않은 것이나 다름없다.

일례로, 운전을 하다 시비가 붙은 상대 운전자를 치어 전치 8주의 상처를 입힌 놈이 있다. 블랙박스를 확인해 보니 전속력으로 주행하여 들이받은 고의 사고였다.

이에 재판부는 살인미수죄를 적용했다.

그래 놓고는 징역 3년에 집행유예 5년을 선고했다.

징역 3년도 적지만 5년간 별다른 범법행위를 하지 않는다면 아무 일도 없는 것이 무슨 처벌인가!

또 다른 예로, 자신의 애완견을 발로 차려 했다는 이유로 70대 노인을 밀쳐 숨지게 한 사건이 있었다.

폭행치사죄가 적용된 재판을 받는데 징역 1년 6월에 집행유예 2년이 선고되었다.

사람을 죽였는데 2년만 얌전히 지내라는 게 무슨 벌인가!

대한민국의 법은 법도 아니다. 있는 자들을 보호하기 위한 코걸이며, 귀걸이일 뿐이다.

이실리프 제국엔 '집행유예'라는 제도 자체가 없다.

죄를 지어 유죄가 확정되었는데 왜 형의 집행을 유예해준 다는 말인가? 감옥이 부족하면 더 지으면 된다. 땅이 없으면 고층으로 지어서 수용하면 그만이다.

죄 지어 갇힌 놈들이니 잘 입히고, 잘 먹일 이유도 없다. 인권을 보호할 가치가 없는 죄수들이니 최소한만 제공하면 된다.

이실리프 제국은 죄 지은 자에게 결코 관대하지 않다. 그래서 징역형에 반드시 중노동 기간이 포함되어 있다.

예를 들어, 위의 보복운전자를 이실리프 제국의 법정에 세운다면 가장 먼저 운전면허가 취소된다.

그리고 죽을 때까지 운전을 할 수 없도록 면허시험 응시자격과 차량소유 자격이 영구히 박탈된다.

보복운전으로 상대에게 고의로 상처 입힌 것에 대한 형량은 징역 20년 이상이다. 당연히 가석방은 없다.

형기를 다 채우기 전엔 무슨 일이 있어도 교도소 밖으로 나가지 못한다. 그 안에 사망할 경우 그의 시신은 화장되며, 형기가 마쳐지면 그때서야 교도소 밖에서 폐기된다.

참고로, 이실리프 제국의 법률엔 '몇년 이하의 징역 또는 얼마 이하의 벌금에 처한다'는 구절이 전혀 없다.

나라가 가난하지 않으니 벌금형은 아예 없으며, 오히려 '몇 년 이상의 형에 처한다' 는 구절이 훨씬 많다.

다시 말해 죄를 지으면 법률이 정한 최소한의 형량 이상은 반드시 복역해야 한다.

그리고 그 형량의 30%에 해당하는 기간은 중노동을 해야 한다. 감옥에 가둬놓기만 하는 게 아니라 육체적인 고통까지 같이 주는 것이다. 지은 죄에 대한 대가이다.

그런데 형량이 아주 긴 경우가 있다.

징역 3,000년이면 900년간 중노동을 해야 하는데 이는 불가능하다. 하여 이처럼 형량이 많은 경우 죄수의 나이를 감안한 중노동 기간이 정해진다.

예를 들어, 15살짜리가 징역 500년 형에 처해졌다면 그의 중노동 기간은 85년이다. 노동력 상실 나이를 100세로 설정해놓은 것이다.

어쨌거나 김종현은 체포되더라도 무허가 대부업체를 운영했다는 것 이외엔 큰 벌을 받지 않는다.

이자율을 위반한 것에 대한 현행법상 형사처벌은 고작 징역 3년 이하, 또는 벌금 3,000만 원 이하이다.

김인동이 빌린 금액은 4억 6,000만 원이다.

그동안 받아 챙긴 이자만 1억 9,000만 원이고, 모친의 15평 빌라는 1억 1,500만 원이었다.

둘을 합쳐 3억 500만 원이나 받아간 셈이다.

그런데 추가로 17억 8,827만 6,500원을 더 내놓으라고 했다. 칼만 안 들었지 강도나 다름없다.

*   *   *

이쯤 되면 영원히 사회로부터 격리되어 마땅하다.

그런데 깨끗한 곳에 가둬놓고 영양가 높은 음식을 먹이며, 잘 재단된 의복을 입히고, 포근한 침구에서 재우며, 깨끗한 물로 씻게 하는 것은 너무 약한 처벌이다.

하여 죽음에 이르는 순간까지 고통을 겪도록 한 것이다.

도로시는 김종현과 그 일당의 모든 금융재산을 징발하여 놈에게 돈 뜯긴 사람들에게 분산 송금하도록 했다.

물론 추적 불가능한 조치를 취했으며, 검찰이 확인한 결과 과(過)납부된 이자를 되돌려 주는 것이라는 문자를 송신했다.

이를 검찰에 확인해 볼 사람들은 아마 없을 것이다.

어쨌거나 김인동은 돈을 빌렸다.

그렇다면 당연히 갚아야 한다. 그런데 상대가 순순히 받고 채무가 소멸되었음을 확인해줄 수 없을 것이다.

그렇다면 법정이자율로 계산된 이자와 원금을 법원에 공탁하면 될 일이다. 김종현이 공탁금을 찾아 자신의 계좌로 이체하면 그 돈 역시 없어질 것이다.

도로시가 존재하는 한 김종현과 그 일당은 금융거래를 하지 못하게 될 것이다. 평생 가난함이 무언지, 사회적 약자가 어떤 건지를 속속들이 알게 하려는 목적이다.

DM이 발매되어도 돈이 없으니 혜택을 입지 못할 것이다.

따라서 이번 생(生)의 나머지는 죽을 것 같은 고통으로 점철된 나날을 보내다 끝을 보게 될 것이다.

악인(惡人)에게 적합한 처벌이다.

*   *   *

2016년 5월 6일 금요일 오전 10시 17분.

LA 외곽, BOA(Bank Of America) 창구 앞 의자에 체크무늬 남방을 걸친 백발의 백인남성이 앉아 있다.

땡~!

"다음 손님…!"

경쾌한 종소리에 이어 푸짐한 체구의 중년 백인여성이 소리치자 기다리던 노인이 일어서며 손을 흔든다.

"하이! 메리."

"네! 어서 와요, 맥밀란 영감님. 오늘도 입금이죠?"

한두 번 거래가 아닌 듯 서로에게 익숙하다.

"뭐! 늘 그렇지. 자, 여기……!"

올해 65세가 된 맥밀란은 인근에서 주유소와 PUB을 운영하고 있다. 30년쯤 된 이 가게엔 단골손님이 많다.

오늘은 어제의 매상을 입금시키는 날이다. 언제 총 든 강도가 들어올지 몰라 이 점포를 자주 방문하고 있다.

신용카드 사용이 많이 늘기는 했지만 팁 때문인지 여전히 현금을 쓰는 사람들이 많기에 불가피한 일이다.

"와~! 오늘은 액수가 꽤 되네요."

"그치? 어제 대학 럭비 팀 애들이 와서 잔뜩 먹었지."

노인은 생각만으로도 흡족하다는 듯 웃음 짓고 있다.

방금 말한 대로 럭비 팀 선수들이 우르르 몰려들어 엄청나게 먹고 갔다. 매상이 왕창 올랐으니 기분 좋은 것이다.

메리는 노인의 반응에 신경 쓰지 않고 액수를 확인한다. 먼저 지폐부터 액수별로 분류했다.

다음은 능숙한 손길로 지폐계수기에 넣고 숫자를 일일이 확인해서 메모한다.

한국 같으면 암산으로 끝날 일인데 하나하나 기입하고 있는데 동작이 매우 굼뜨다. 성질 급한 한국이었다면 무조건 한마디 들었을 만큼 느릿느릿하다.

일단 기입할 건 다 했는지 고개를 든다.

이제 계산기를 두드려 합산해서 얼마라고 말을 해야 하는데 이상한 행동을 한다.

지폐를 하나하나 내려놓으며 다시 확인하는 것이다. 그렇게 몇 장을 헤아리던 메리의 눈빛이 변한다.

"로한! 여기 좀 봐요. 이상한 게 있어요."

메리의 부름을 받은 부지점장 로한이 내키지 않는 표정으로 일어선다.

"또······?"

BOA에서는 매년 5월과 10월 셋째 주 금요일마다 위폐식별 교육을 정기적으로 실시하고 있다.

그러곤 다음 달 둘째 주에 성과에 대한 시상을 한다.

누가 얼마나 많이 발견했는가에 따른 점수가 매겨지는데, 금액에 따라 조금씩 다르다.

미국 지폐는 100달러, 50달러, 20달러, 10달러, 5달러, 2달러, 1달러로 발행된다.

위폐를 발견할 경우 각각 10점, 5점, 2점, 1점, 0.5점, 0.2점, 0.1점이 주어지는데 이 점수를 합산하여 시상자를 정하고, 보너스를 지급한다.

메리도 오늘 아침 위폐식별 교육을 받았다.

다음이 그 내용이다.

위조지폐가 많아서 새롭게 발행한 100달러 신권의 위조방지장치는 5가지가 있다.

첫째, 3D로 제작된 푸른색 홀로그램 띠이다.

여기엔 숫자 '100'과 미국 독립의 상징인 '자유의 종'이 새겨져 있다.

둘째, 자외선을 쬐면 보라색 보안 띠가 생성된다.

셋째, 지폐를 이리저리 기울여보면 구릿빛이던 숫자 '100'과

'잉크병'이 녹색으로 바뀌어 보인다.

넷째, 이 잉크병에는 홀로그램으로 금색의 '자유의 종'이 새겨져 있다.

다섯째, 프랭클린의 어깨부분을 만져 보면 오톨도톨하다.

여기에 하나 더 추가하자면 푸른색 보안띠가 프랭클린의 머리카락에 닿지 않으면 위조지폐이다.

50달러는 위폐를 잡기가 어렵다면서 시중에 유통되는 위폐의 특징을 알려주었다.

진폐는 초상화 위에서 오른쪽으로 노란색 사선이 그어져 있다. 그리고 좌측 상단의 '50'이라 쓰여진 글씨 아래에 작은 '0'과 점 '.' 하나가 찍혀 있다.

20달러와 10달러, 그리고 5달러짜리는 초상화 옷자락 부분을 긁어보면 오톨도톨한 느낌이 난다.

따라서 이 부분이 매끈하면 위폐이다.

2달러와 1달러짜리는 왼쪽엔 위아래로 같은 숫자가 있고, 동그라미 안쪽엔 알파벳이 있다.

이것은 화폐를 발행한 곳에 따른 각기 다른 숫자와 알파벳의 조합이다. 이게 일치하지 않으면 위폐이다.

다음이 그 조합이다.

조합	발행지역	조합	발행지역
1 A	보스턴	7 G	시카고
2 B	뉴욕	8 H	세인트루이스
3 C	필라델피아	9 I	미니애폴리스
4 D	클리블랜드	10 J	캔자스시티
5 E	리치먼드	11 K	댈러스
6 F	애틀랜타	12 L	샌프란시스코

메리는 오늘 성실하게 교육을 받았다.

작년 10월에 옆자리에 있던 로라가 위폐발견 전국 1등이 되어 특별 보너스를 받았고, 이웃 점포 부지점장으로 승진했던 것이 배 아파서이다.

하여 입금을 받을 때마다 아주 유심히 살펴보고 있다.

평상시에도 느릿느릿하다는 항의를 여러 번 받았으나 오늘은 그 정도가 심하다.

모든 지폐를 일일이 확인하고 있으니 왜 안 그렇겠는가!

웬만하면 성질을 내겠지만 맥밀란도 메리만큼 급할 게 없다. 하여 슬슬 말을 걸기 시작한다.

"메리는 요즘 우리 가게 안 오던데 뭔 일 있었어? 매일 도시락 싸오나?"

점심 식사시간에도 자주 왔고, 때론 동료들과 가볍게 한잔

하곤 했는데 요즘엔 통 보지 못해 하는 말이다.

"솔직히 말해요?"

지폐의 오톨도톨함을 느끼고 있던 메리의 말이다.

"그럼! 나한테 뭐 섭섭한 게 있었어?"

"델리사 아줌마 때문이에요."

델리사는 맥밀란의 식당 주방장이었다. 58세의 나이인지라 혼자 사는 맥밀란과 썸씽이 있는 것으로 소문나 있었다.

"델리사? 델리사는 얼마 전에 그만 뒀잖아. 그런데 왜?"

"그러니까요. 델리사 아줌마가 그만둔 후 음식이 맛이 너무 형편 없어졌어요."

"다른 사람들은 그런 얘기 안 하던데."

"아무튼 그 아줌마 해고한 건 정말 잘못한 거예요."

"해고를 해? 내가…? 델리사를…?"

맥밀란은 말도 안 된다는 표정이다.

"그럼 아니에요? 근데 왜 주방장이 바뀌어요?"

메리는 맥밀란의 식당을 갈 때마다 엔칠라다(Enchilada) 또는 퀘사디야(Quesadilla)를 먹곤 했다.

엔칠라다는 또띠아[10] 에 쇠고기나 닭고기 등을 넣고 김밥처럼 만 뒤 소스를 발라 구워낸 요리이다.

퀘사디야는 또띠아에 치즈와 쇠고기, 대구살 등을 채우고,

---

10) 또띠아(tortilla) : 토르티야, 멕시코의 주식으로 밀가루나 옥수수를 반죽해 만든 둥글고 납작한 형태의 발효시키지 않은 빵

반으로 접어 구워낸 것이다.

둘의 공통점은 맛있는 멕시코 요리라는 것이다.

주방장이 바뀐 후 메리는 이전의 맛을 느낄 수 없었다. 하여 맥밀란의 가게에 발길을 끊은 것이다.

"주방장이 바뀐 건 델리사가 이민국 놈들에게 잡혀갔기 때문이야. 나도 몰랐는데 불법이민자였더라고."

"네에? 델리사 아줌마가요? 정말요?"

메리는 정말 몰랐다는 듯 눈을 크게 뜬다. 그러는 새에 부지점장 로한이 다가왔다.

"메리! 이번엔 또 뭐가 이상한데?"

"아! 이거요. 이거 아무래도 위폐 같아요."

"그래? 줘봐!"

퉁명스레 대꾸하고 메리가 건넨 100달러짜리 지폐를 이리저리 살펴보던 로한은 고개를 갸웃거린다.

"뭐가 이상하다는 건데? 오전에 교육한 거 잊었어? 있을 거 다 있다구. 푸른 색 보안 띠가 프랭클린의 머리에 잘 닿아 있구만. 안 그래?"

"그건 맞아요. 근데 이거 촉감이요."

"촉감? 촉감이 뭐 어때서?"

로한은 바빠 죽겠는데 멀쩡한 지폐를 위폐라고 주장하는 메리를 살짝 째려본다.

후임이었던 로라가 먼저 부지점장이 된 걸 몹시 배 아파한다는 걸 알지만 그건 그거다.

"이거 새로 돈을 만들었다가 조금 낡게 한 것처럼 세탁기에 넣고 돌린 거 같은 느낌이에요. 여기 이 보안띠 보세요. 중간 중간 껍질 벗겨져 있어요. 그죠?"

"멀쩡하기만 하구만. 콘크리트 담벼락 같은데 비벼도 그렇게 되잖아. 너무 과민한 거 아냐?"

"로한! 누가 벤자민을 가지고 그래요?"

100달러짜리 지폐에 그려진 얼굴은 '벤자민 프랭클린'이다. 하여 '벤자민'이라 불리기도 한다. 뒷면이 녹색이라 '그린백(Green-back)'이라고 하는 사람들도 있다.

"……!"

한국으로 치면 10만 권 지폐가 있는데 누가 이를 일부러 담벼락에 문질러서 훼손하겠느냐는 뜻이다.

하여 로한은 잠시 대꾸하지 못했다.

"이거 위폐감별기에 넣어봐 주세요."

"…… 알았어!"

메리가 건넨 100달러 지폐를 가지고 간 로한이 지점장과 대화를 하고 있을 때 흥미롭다는 표정으로 메리를 보고 있던 맥밀란이 한마디 한다.

"저거 위폐면 내가 100달러 손해 보는 거지?"

"그러기만 하겠어요? 경찰들이 득달처럼 달려들어 CCTV 녹화된 거 내놓으라고 할 걸요."

"끄응! 그런 건 귀찮은데."

모아놓은 돈도 있으니 100달러쯤 손해 보는 건 얼마든지 감수할 수 있다. 하지만 경찰이 들이닥쳐 이거 내놔라, 저거 내놔라 하는 꼴은 못 본다.

아들이 질풍노도의 시기를 겪을 때 질 나쁜 친구들과 어울린 적이 있다.

그중 하나가 마약밀매상의 끄나풀이었다.

하나뿐인 아들이 그 녀석과 같이 있을 때 경찰이 쏜 총탄 때문에 비명횡사했다. 아들이 장난감 권총으로 친구들을 위협하는 시늉을 했을 때의 일이다.

그날 이후 경찰들을 좋게 보지 않았다.

'차라리 가게를 며칠 비우고 여행을 떠날까?'

이런 생각을 할 때 메리가 입을 연다. 남편의 친구가 맥밀란의 아들이어서 슬픈 역사를 알기 때문에 한 말이다.

Chapter 06
—
얼른 무릎 꿇고 사과해(1)

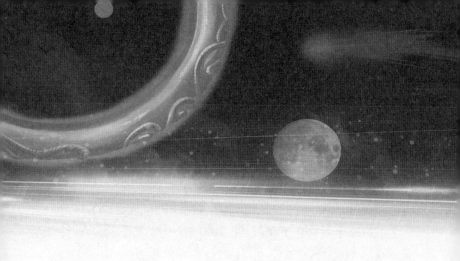

"가게 비우고 없어지면 곧장 지폐 위조범으로 현상수배 되니까 어디로 도망갈 생각일랑 하지 마세요."

"끄응…!"

속내를 들킨 맥밀란은 고개를 흔들었다. 경찰 제복은 입은 놈들이 가게를 드나들 걸 생각하면 끔찍해서이다.

"어! 이건……?"

새로 보급된 위폐감별기 앞에 있던 로한이 소리치자 모두의 시선이 쏠린다.

로한은 벤자민을 꺼내 들며 소리쳤다.

"메리, 이거 위폐 맞아. 와~! 이거 어떻게 만들었지? 위폐감별기를 그냥 통과하는 걸 보면 정말 대단해."

로한은 진심으로 감탄하는 빛이다.

100달러짜리 신권에는 고배율 돋보기로 봐도 간신히 보일 정도로 미세한 문자들이 있다.

벤자민 프랭클린의 옷깃엔 'THE UNITED STATES OF AMERICA'라는 미세문자가 쓰여 있다.

이뿐만 아니라 100달러의 '100' 숫자의 굵은 테두리 안에는 '100 USA'라는 미세문자들로 채워져 있다.

메리로부터 건네받은 100달러 지폐는 대번에 감별기를 통과했다. 평소 같으면 여기서 끝이다.

위폐감별기가 승인했으니 설사 위폐라 하더라도 면책이 되는 때문이다. 그런데 왠지 찜찜한 마음이 들었다.

위폐라는 것이 밝혀질 경우 메리로부터 어떤 소릴 들을지 몰라서이다. 하여 고배율 확대경을 들이댔다.

100이라는 숫자의 안쪽에 채워진 미세문자가 조금 이상했다.

'1'자 안에는 '100 USA'라는 미세문자열이 21개가 정상이다. 그런데 22줄이 있다.

너무 작은 글씨인지라 눈을 비비고 다시 확인해 보았는데 확실히 22줄이다. 나머지는 완전히 일치하고 있다.

'1'과 달리 두 개의 '0'에는 '100 USA'라는 미세문자열이 22줄이 있다. 이걸 보고 위폐를 만든 모양이다.

"메리! 한 건 한 거야. 이제 나머지도 다시 살펴보자."

"그래요!"

메리는 맥밀란으로부터 건네받은 지폐들을 하나하나 살펴본다.

하지만 고배율 확대경을 들이대야 간신히 보일 정도로 작은 미세문자들을 어찌 육안으로 확인할 수 있겠는가!

"제기랄~!"

맥밀란 영감님은 가게로 들이닥칠 경찰들을 떠올리며 나직이 투덜거린다. 그러면서 벤자민을 누구에게 받았는지를 생각해 보았다.

'코치라는 놈이 준 건가?'

어제 왔던 럭비팀 코치가 담배 한 갑을 사면서 줬던 것으로 기억된다.

'아님, 누구지? 하아, 미치겠네.'

경찰은 누구에게 받았는지를 대라고 윽박지를 것이 뻔하다. 그런데 도통 기억나지 않는다. 하여 맥밀란이 고개를 좌우로 저을 때 메리가 또 한 번 소리친다.

"어머! 이거, 이것도 위폐예요."

메리의 손에는 두 장의 100달러 지폐가 쥐어져 있다. 모두 맥밀란이 가져온 것들이다.

"끄응!"

맥밀란은 될 대로 되라는 심정으로 털썩 주저앉았다.

카운터를 비추는 CCTV가 있기는 하다.

불의의 강도를 당했을 때 범인의 인상착의를 확실하게 파악할 수 있도록 각도가 조절되어 있다.

하여 카운터에서 돈을 받는 장면은 제대로 찍히지 않았을 것이다.

그러도록 조절해놓은 이유는 매출을 감추기 위함이다.

신용카드로 결재된 것은 100% 노출되지만 현금을 받는 건 얼마든지 매출을 줄여서 신고할 수 있는 때문이다.

메리는 50달러짜리에서도 위폐를 찾아냈다. 워터마크(숨겨진 그림)가 진폐와 달랐던 것이다.

5달러짜리 진폐의 잉크를 지운 뒤 만들었는지라 워터마크까지 위조할 수 없었던 것이다.

메리로부터 시작된 위폐 찾기는 BOA의 모든 점포는 물론이고 다른 은행들까지 번졌다.

CNN에서 이를 언급하자 일반인들도 찾기 시작했다. 그러자 전국에서 신고 전화가 빗발쳤다.

이는 미국 내에서만 일어난 일이 아니다.

인접국 캐나다와 멕시코를 비롯하여 브라질, 온두라스, 아르헨티나 등 아메리카 대륙 전체에서 위폐 신고가 이어졌다.

다음 날엔 유럽대륙 전체가 들썩였다. 그러곤 곧장 아시아로 번져갔다.

100달러와 50달러짜리 슈퍼노트의 출현은 곧바로 달러화 가치를 하락시켰다. 공교롭게도 같은 시기에 지나의 위안화 위폐도 나돌기 시작했다.

G2의 위폐는 전 세계 환율을 엉망으로 만들었고, 증시를 급전직하 시켰다.

코스닥과 코스피도 이 물결에 휩쓸렸다.

뚜렷한 호재가 있었던 몇몇을 제외한 거의 모든 주식의 가치가 폭락하였다.

나스닥 주가는 닷새 만에 68.8%나 하락하였다.

자금이 풍부하다면 자사주 매입 같은 방법으로 주가를 떠받칠 수 있다. 그런데 다들 그럴 돈이 없다.

은닉해두었던 해외비자금 등이 감쪽같이 사라진 때문이다.

상당히 많은 사람들을 풀어 누구의 소행인지 확인토록 했다. 아울러 연줄을 이용하여 정보기관까지 나서도록 했다.

누군지 알려지면 살인청부업자를 파견해서라도 반드시 목숨을 끊어놓겠다고 이를 갈고 있다.

어쨌거나 주가가 더 떨어지지 않도록 해야 하는데 돈이 없다. 하여 욕심 사나운 몇몇이 전산망에 침투하려고 했다.

하지만 실패했다. 도로시가 미국은 물론이고, 전 세계 금융기관 전산망을 완벽하게 장악한 때문이다.

현존 최고의 실력을 가진 해커 1억 명이 1,000만 년 동안 단 1초도 쉬지 않고 뚫으려 노력해도 결코 뚫리지 않을 것이다.

　한국의 경우는 더 하다.

　돈 있는 놈들 대부분의 현금동원능력이 사라진 상태이다. 그런데 외자(外資)가 빠져나가기 시작했다.

　외국인 자금이 썰물처럼 빠져버리자 한국은행과 금융감독원 등엔 비상이 걸렸다. 제2의 IMF가 올지도 모른다는 우려의 목소리 때문이다.

　코스피의 시가총액에서 외국인이 차지하는 비중은 31.8%였다. 전체의 3분의 1 정도가 외국인 소유였던 것이다.

　그런데 열흘도 지나기 전에 2.3%로 급락했다.

　국제유가 하락의 영향으로 중동국가들도 막대한 투자금을 거둬들인 때문이다. 이는 금방 나아질 악재가 아니어서 자금 이탈은 계속될 것으로 예상되었다.

　이에 관계기관이 모여서 회의를 하지만 달러화와 위안화의 가치하락과 주가하락은 전 세계적인 현상이다.

　코스피는 첫날엔 11.2%가 하락했고, 다음 날엔 13.8%가 떨어졌다. 사흘째 되는 날은 다시 14.1%가 떨어졌다.

　그렇게 며칠이 더 지났을 때 코스피와 코스닥 시가총액 합계는 40.17%로 줄어들었다.

　2,175조 원이었는데 873조 6,975억으로 쪼그라든 것이다.

패닉에 빠진 투자자들은 묻지 마 손절매를 시도했다.

그런데 사는 사람이 없다. 그렇게 일주일이 더 흘렀을 때 코스피와 코스닥 시가총액은 706조 원 정도가 되었다.

언론에서는 환율 이상은 일시적인 현상이므로 빠졌던 주가가 곧 정상화될 것이라며 보유와 매입을 권유했다.

이때 미국에서 위조범 중 일부가 검거되었다는 소식이 전해져 왔다. 그리고 또 하나의 소식이 전해졌는데 발견된 것의 1,000,000배 이상을 유통시켰다는 내용이다.

달러화의 가치는 더 떨어졌고, 주가도 동반 몰락했다.

외국인 투자자들은 손 털고 썰물처럼 빠져나갔다. 애지중지하던 삼성전자의 주식마저 털고 나간 것이다.

그 결과 코스닥과 코스피의 외국인 투자 지분율은 0.1% 이하가 되어버렸다. 거의 모든 자금이 철수한 것이다.

주가는 계속해서 하락했고, 패닉에 빠진 사람들은 묻지 마 투매를 했다.

더 놔두면 아예 한 푼도 못 건질 수 있다는 위기감 때문이다. 엉켜 버린 환율 때문에 수출과 수입에 비상이 걸린 때문이기도 하다.

*　　　　*　　　　*

2016년 5월 7일 토요일.

"폐하! 천지건설로부터 연락이 왔어요."

"그래? 무슨 일 있대?"

"아제르바이잔 신행정도시 건설공사 검토가 끝났다고 해요."

"벌써 5주가 지났어? 그래, 어떤 결론을 내렸대?"

"Y—인베스트먼트에서 총공사비의 20%인 120억 달러를 차관으로 제공해주실 수 있다면 하겠다고 했어요."

"그렇지? 그래, 그럴 거야."

현수는 오래전 기억을 더듬어 보았다.

그때는 석유화학단지 공사를 먼저 수주했고, 신행정도시공사는 나중에 계약했다.

둘 다 성공적으로 공사를 마쳤고, 이후에 상당히 많은 공사를 수행한 바 있다. 하여 아제르바이잔에선 삼성전자나 LG보다, 애플이나 아마존보다 천지건설이 더 유명했다.

약 40년간 1,500건이 넘는 대형공사를 수행하였으니 당연한 일이다.

발전소, 항만, 댐과 같은 기간산업 공사뿐만 아니라 고층빌딩 등을 건설했는데 품질과 가격 모두를 만족시켜 민간사절 역할을 톡톡히 했다. 하여 국위선양의 공적을 인정받아 기업 포장과 훈장을 여러 번 받은 바 있다.

이러는 동안 인접국인 러시아, 조지아, 아르메니아, 이란, 투르크메니스탄, 카자흐스탄 등으로 소문이 번졌다.

덕분에 엄청나게 많은 공사를 수주했다.

천지건설의 최전성기 시절엔 직원 수만 100만 명이 넘었다.

아프리카 대륙과 남미대륙, 그리고 아시아의 드넓은 영토 대부분을 개발해야 했던 이실리프 제국이 너무 많은 일감을 몰아줘서 그러하다.

어쨌거나 천지건설에서 신행정도시 건설공사를 할 마음이 생겼다니 연락을 해봐야 할 것이다.

"도로시! 니야지 사파로프 차관과 연결해 줘."

"넹―!"

잠시 후 현수는 아제르바이잔 경제개발부 차관과 통화할 수 있었다.

도로시가 사전에 차관 비서인 지드코바 후세이노프와 연결하여 어떤 내용의 통화일지 먼저 조율을 한 뒤의 일이다.

"안녕하세요? 차관님! 한국에서 만났던 하인스 킴입니다."

"아이고, 이게 누구신가? 반갑습니다. 하하하!"

차관은 짐짓 호탕한 웃음소리를 낸다. 현수에 대한 첫인상이 너무 좋아서 이러하다.

"차관님! 천지건설에서 신행정도시 건설공사 검토를 모두 마쳤는데 수주했으면 한다더군요."

"아! 그렇습니까? 와아~! 그거 듣던 중 정말 반가운 소리네요. 근데 저번에 제안한 차관(借款) 조건은……."

한 나라의 차관(次官)으로서 이런 말을 하는 게 참으로 아쉽다는 듯 말꼬리를 슬쩍 흐린다.

"그 조건을 받아들일 수 있으니까 공사를 하겠다는 거죠."

"아! 그렇습니까? 그렇지 않아도 한국의 신도시건설 실력에 대한 공부를 했는데 아주 만족스럽더군요."

즉각적이며, 우호적인 답변이다.

"네! 한국은 인구가 수도에만 집중되니 이를 분산시키려면 신도시가 필요했죠. 그런데 웬만하면 안 나가려고 하니 잘 만들 수밖에 없었을 겁니다."

"그렇겠죠. 그나저나 공사 수주는 언제 어떤 방법으로 확정지어주실 긴지요?"

계약서 작성을 의미하는 말이다.

공사를 주는 '갑'의 입장이지만 상당한 규모의 차관제공이라는 마이너스적인 조건이 붙어 있다. 하여 '을'에게 언제 계약해줄 거냐는 아쉬운 소리를 하는 것이다.

"그전에 조율할 것이 있습니다."

"…뭐죠?"

"전화로 말씀드리기 조금 그런데 어쩌지요?"

현수가 심히 저어된다는 듯 망설이는 어투로 대답하자 즉시 반응이 온다.

"뭐든 괜찮습니다. 개의치 말고 말씀해 주십시오."

"그렇다면 말씀드리죠. 천지건설에서 공사비 견적을 냈는데 귀국 정부에서 제안한 금액과 차이가 있습니다."

"저어, 차이가 많이 나는가요?"

심히 조심스러운 음성이다.

"흐음! 12억 3,600만 달러랍니다."

"아…! 그건 저희 쪽에서 생각해 볼 문제군요."

현 시점에서 이 금액은 1조 1,232억 2,700만 원에 해당된다. 결코 작은 금액이 아니니 상부의 누군가의 결제가 필요하다는 뜻이다.

"그렇죠?"

"네! 잠시 후에 다시 통화 괜찮을까요? 아님 모레쯤 만나줄 수 있습니까?"

현수는 슬쩍 달력을 살펴보았다. 모레는 히야신스의 정기 휴일이다.

"통화도 괜찮고, 모레라면 언제든 괜찮습니다."

"좋습니다. 일단 통화를 마치죠."

"네, 그러십시오."

*   *   *

2016년 5월 8일 일요일 오전 8시 30분.

현수는 아침 일찍 천지건설 사옥을 방문하였다.

어젯밤 늦은 시각에 김지윤 차장과 통화하여 오늘의 약속을 잡았다. 그렇기에 휴일임에도 신형섭 사장과 조인경 과장이 출근해 있는 것이다.

"아이고, 어서 오십시오."

로비에서부터 조인경 과장의 안내를 받아 신형섭 사장의 집무실로 들어서니 황급히 일어서며 환히 웃어 보인다.

"그동안 안녕하셨죠?"

"아이고, 그럼요! 하인스 킴 대표님 덕분에 아주 큰 짐을 두 개나 덜었으니 당연히 잘 지내야죠."

천지건설이 겪던 자금 유동성 위기를 이야기 하고 있는 것이다.

제주도에 소재한 유니콘 아일랜드 148채와 양평의 비사업용 부동산 22만 1,079평을 처분하였다.

무려 7억 8,052만 3,070달러, 한화로 9,177억 원이다.

돈이 들어오자 가장 먼저 미지급된 하도급 대금과 직원들 급여부터 해결해 주었다.

다음으로 금융권 대출금 중 일부를 상환했다. 이자율이 높거나 만기가 다가온 것부터였다.

덕분에 목을 조르는 듯하던 모든 위기로부터 일단은 탈출할 수 있었다.

회사가 어려움에 처하도록 하였으니 대표이사 자리를 내놓으라는 박준태 전무 측의 무언의 압박도 완전히 사라졌다.

이제 남아 있는 문제는 수도권에 지어놓은 미분양 아파트이다.

천지건설은 현재 경기도 화성시 향남읍에 총 1,230가구를 짓고 있다. 최고 24층이며 14개 동으로 구성되어 있다.

그리고 오늘의 공정률은 90%를 훌쩍 넘기고 있다. 거의 다 지었다는 뜻이다. 3개월 이내에 입주가 가능할 듯하다.

그런데 분양이 매우 지지부진하다.

경기도 화성시 향남읍은 공공택지개발이 많아서 짧은 시간에 상대적으로 많은 물량이 공급되었다.

그 결과 실수요자들은 일찌감치 아파트를 마련하였다.

이제부터는 잠재적 수요자와 사놓고 오르길 기다리는 투기꾼들이 입질을 해야 한다.

수도권이고, 공들여 시공했지만 상대적으로 저렴한 분양가가 무기이다.

화성이나 평택은 개발 호재가 많은 지역이라 경기가 좋아지면 별문제없을 것이라고 판단하여 공사에 들어갔다.

그런데 계속 불경기가 이어지고 있다. 당연히 투자 수요가 흔들릴 수밖에 없는 상황이다.

그 결과는 거의 모든 가구의 미분양이다.

1,230가구 중 분양된 건 불과 12가구이다.

모두 천지건설 친인척 명의로 계약한 물량인데, 실적에 쫓긴 직원들이 가짜로 계약해놓은 것일 수도 있다.

아무튼 실로 처참한 분양 실적이다.

그렇다 하여 공사를 멈출 수도 없다. 일단은 다 지어놔야 나중을 기약할 수 있기 때문이다.

어쨌거나 천지건설은 현재 유니콘 아일랜드와 양평 땅을 처분한 돈으로 이 공사를 이어가는 중이다.

그마나 다행인 것은 완공이 되도록 돈이 부족하진 않을 것 같다. 적어도 자금 유동성 위기는 완전히 해결된 것이다.

걱정거리가 하나로 줄어서인지 신형섭 사장의 안색은 상당히 밝다.

"조 과장! 거, 특별한 음료수 있지? 그거 괜찮을 거 같은데 어때?"

탤런트 한가인의 리즈시절을 닮은 조인경이 배시시 미소를 지으며 고개를 끄덕인다.

"네! 알았습니다."

조인경 과장이 자리를 비우자 신형섭 사장이 다시 한번 감사의 뜻을 표했다.

"에구, 이러지 마십시오. 그거 다 필요해서 구입한 거니까요. 그나저나 아제르바이잔 신행정도시 건설공사는 확실히 하시는 거죠?"

"그럼요! Y—인베트스먼트에서 도움을 주신다는데 당연히 해야지요."

"공사비는 어떻게 산정하신 겁니까?"

"직원들을 아제르바이잔에 보내 현지 물가 등을 면밀히 따져보고 산출된 견적금액입니다."

"너무 박하게 뽑은 건 아닌 거죠?"

신 사장은 즉각 고개를 끄덕인다.

"당연합니다. 차관 제공이라는 악조건을 안고 공사를 하게 되는데 박한 이익이라면 굳이 수주할 이유가 없으니까요."

"알겠습니다."

현수가 고개를 끄덕일 때 조인경 과장이 들어와 몸에 좋다는 수삼(水夢)을 갈아 만든 음료를 내놓았다.

그러곤 냉큼 신 사장의 뒤쪽에 선다.

다이어리를 들고 있으니 둘의 대화내용, 또는 지시사항을 기록하려는 의도일 것이다. 바람직한 비서의 자세이다.

"제가 말씀드렸던 석유화학단지 공사는 알아보셨습니까?"

"그럼요! 조 과장 책상 위의 그거 좀······."

척하면 척인지 신 사장의 책상 위에서 보고서 한 뭉치를 냉큼 집어온다.

"아제르바이잔 정부가 추진하는 새 유화단지는 수도 바쿠의 남쪽 해안가에 위치한 'Pirsaat'에 건설하려는 겁니다."

잠시 말을 끊은 신 사장은 벽에 걸린 지도에 빨간 레이저 포인터로 위치가 어딘지를 알려주었다.

카스피해(Caspian Sea)[11] 연안의 항구도시인 모양이다.

"이것의 규모는…, 공사비의 총액은……, 공사 기간은……."

누가 조사를 한 건지 상세하게 해서 알아듣기 쉬웠다.

사실 현수의 뇌에는 석유화학과 건설에 대한 모든 것이 들어 있다. 하여 '아'를 이야기하면 '우'까지 알아듣는다.

"공사하는 데 어려움은 없을까요?"

"첫째는 언어지요. 공사가 진행되는 동안 의견을 주고받아야 할 일이 많을 텐데 통역할 사람이 너무 드물더군요. 그래도 열심히 찾고 있습니다."

"흐음! 그렇겠죠."

"둘째는 거리입니다."

"아시다시피 아제르바이잔은 내륙국가나 마찬가지입니다. 여기서 그곳으로 물자를 보내려면 걸프만과 홍해, 스웨즈 운하, 지중해, 그리고 흑해를 지나야 닿을 수 있지요."

지도를 펼쳐 놓고 뱃길에 대한 설명을 이어갔다.

· 한국에서 현장까지 가려면 해적들이 우글우글한 소말리아와 예멘의 앞 바다를 지나야 한다.

무식한 해적들도 문제지만 그보다는 IS가 훨씬 더 위험하다.

---

11) 카스피해 : 중앙아시아의 세계에서 가장 큰 내해. 크기나 염분으로 보면 바다이지만 사방이 육지로 둘러싸여 있어 호수이다

지난해 12월 4일, 예멘에서 활동하는 IS는 '자이드파 알 후티[12]' 포로를 처형하는 영상을 공개한 바 있다.

박격포 포탄 목걸이로 4명을 처형했고, 로켓 런처로 6명을 죽였으며, 바다 위 보트를 폭파시켜 6명을 처형했고, 9명은 참수해 버렸다.

예멘의 앞 바다엔 이런 흉악무도한 놈들이 우글거리고 있다. 하여 이곳을 지날 때 무슨 일이 벌어질지 아무도 모른다.

어찌어찌 이 바다를 무사히 지난다 해도 다음은 이스라엘과 중동 국가들의 으르렁거림을 모두 거쳐야 한다.

중동에서 전쟁이라도 발발하면 공사를 멈출 수밖에 없는 상황이 올 수도 있다.

어쨌거나 이것마저 무사히 지나 흑해에 닿아도 아제르바이잔에 당도하려면 조지아를 통과해야 한다.

조지아의 항구도시 바투미(Batumi)로부터 피르샷(Pirsaat)의 공사 현장까지의 거리는 대략 1,000㎞나 된다.

조지아를 거칠 땐 조지아어를 써야 하고, 국경을 넘으면 아제르바이잔어를 구사해야 한다.

참으로 멀고, 험하며, 위험하고, 어려운 길이다.

듣고 보니 웬만한 이득이라면 차라리 안 하는 편이 나을 듯

12) 자이드파 알 후티 : 이슬람 시아파의 분파. 후세인 알 후티가 자신의 이름을 따서 조직한 무장단체

한 공사이다.

현수는 고개를 끄덕여 무슨 뜻인지 알았다 하면서도 지도에서 눈을 떼지 않았다. 그러다 문득 생각난 것이 있다.

"참, 신행정도시 건설 공사비에 차이가 있다면서요."

"네! 우리 계산으론 12억 3,600만 달러 정도가 더 계상[13] 되어 있더군요."

실제 금액보다 더 많이 얹혀 있다는 뜻이다.

역시 천지건설이다. 다른 건설사였다면 아무 소리 안 하고 600억 달러에 수주하고 이 금액을 꿀꺽했을 것이다.

"더 많이 들어 있다는 거죠?"

"네! 고위관계자들에게 흘러들어 가야 할 뇌물 같습니다."

"흐으음!"

현수는 잠깐 기억을 더듬어 보았다.

일함 알리예프 대통령과 라미즈 메디에프 수석보좌관, 자키르 하사노프 국방 장관과 야바르 자말로트 방위산업부 장관, 그리고 후세인굴르 바기로프 환경천연자원부 장관 등의 면면을 떠올려 본 것이다.

당시엔 매혹마법에 걸린 상태라 현수에게 무조건적인 협조와 호의를 보였다.

뇌물 따위는 꿈에도 생각하지 않았을 것이다. 하나라도 더 챙겨주고 싶은 존재에게 어찌 뇌물을 바라겠는가!

―――――――――――――――
13) 계상(計上) : 계산하여 올림

하지만 지금은 어떤지 알 수 없다.

아직 서클이 만들어지지 않았으니 '오펜시브 참 마법'을 다시 걸 수도 없는 상황이다.

"어떻게 하시면 좋겠습니까?"

1조 1,232억 2,700만 원은 결코 적은 금액이 아니다.

그냥 꿀꺽해도 되겠지만 그것은 천지건설 기업이념에 맞지 않다.

그렇기에 김지윤 차장을 통해 금액에 문제가 있음을 알려 준 것이다.

"내일 차관 일행이 저를 만나러 한국으로 올 모양입니다. 온 김에 계약을 마무리 지을 확률도 있구요."

"네에?"

신형섭 사장은 몹시 놀란 표정을 지었다. 생각지도 못한 일이기 때문이다.

"이번 공사 수주금액을 제게 일임해 주실 수 있는지요? 600억 달러에서 12억 3,600만 달러를 뺀 587억 6,400만 달러 정도면 충분히 가능한지 여쭙는 겁니다."

"아! 그럼요, 그럼요! 그 정도면 충분합니다."

천지건설에서 이익률을 몇 %로 잡았는지 알 수는 없지만 결코 적지 않은 이익이 발생될 금액인 듯하다.

"알겠습니다. 그럼 내일 차관 일행과 이곳에서 만날 수 있도록 해주시겠습니까?"

"네에, 그렇게 하시죠."

＊　　　　＊　　　　＊

2016년 5월 9일 월요일 오전 10시 30분.

천지건설 사옥은 어제보다 훨씬 더 반짝였다.

로비로부터 34층 사장실, 그리고 그 곁의 접견실까지 완전히 때 빼고 광을 낸 결과이다.

어쩌면 587억 6,400만 달러짜리 공사가 오늘 결정될 수도 있는 때문이다. 587억 6,400만 달러는 한화로 69조 917억 7,300만 원에 해당된다.

2015년 도급순위와 시공능력평가액은 다음과 같다.

순위	회사명	시공능력평가액
1	삼성물산	16조 7,267억
2	현대건설	12조 7,722억
3	대우건설	9조 6,706억
4	POSCO건설	9조 0,426억
5	GS건설	7조 9,022억
6	대림산업	6조 9,455억
7	롯데건설	5조 7,997억
합 계		68조 8,595억 원

'시공능력평가액'이란, 개별 건설회사가 시공능력에 적합한 공사를 맡도록 그 한계를 정한 것이다.

이전엔 '도급한도액'이란 표현을 사용하였다.

어쨌거나 발주사로부터 도급받을 수 있는 1건 공사에 대한 최대수주 가능액수를 뜻하는 말이다.

이 순위와 액수는 지난 2년간의 공사실적 등을 감안하여 결정되었으며, 2015년 8월 1일부터 2016년 7월 31일까지 '국내 건설공사 수주에 적용'된다.

아제르바이잔 신행정 도시의 공사는 대한민국 건설사 순위 1위~7위까지의 시공능력평가액을 모두 합친 것보다도 무려 2,322억 7,300만 원이나 큰 금액이다.

국내 도급순위 10위 안에도 들지 못하는 천지건설에겐 너무 큰 먹이일 수 있다. 하지만 신형섭 사장은 직원들의 보고를 받고 면밀히 검토한 결과, 이를 삼키기로 했다.

Chapter 07
—
다시 전무가 되다!

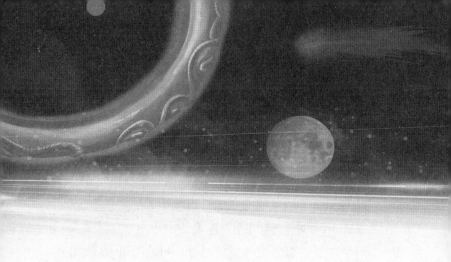

천지건설은 국내의 관급공사를 수주할 계획이 전혀 없다.

일부 썩어빠진 공무원과 정치인의 배를 불려주는 짓은 하지 말라는 총괄회장의 엄명이 있었기 때문이다. 물론 대외비이다.

국내 아파트 공사는 과열경쟁 상태이다. 너무 많이 지어서 몇 년 안에 빈집에 대거 발생할 확률이 높은 상태이다.

서울은 그나마 괜찮지만 지방엔 미분양 물량이 많이 쌓여 있다. 그럼에도 계속해서 짓고 있다.

그래야 회사가 유지되기 때문일 것이다.

이런 상황에서 천지건설이 성장할 수 있는 방법은 외국으로 눈을 돌리는 것이다.

하여 세계각지에 지사를 설립해 둔 바 있다.

그중 하나가 콩고민주공화국의 수도 킨샤사에 있다. 아주 아주 오래전에 현수가 발령받았던 곳이다.

지부장은 이춘만 과장이고, 현지인 직원은 마투바 한 명뿐이다. 한국 드라마에 홀딱 빠졌던 아가씨이다.

콩고민주공화국에서의 실적은 제로이다.

아무 연관도 없는 곳에 만년 과장 하나만 덜렁 보내놓고 아무런 지원도 하지 않았으니 당연한 일이다.

심지어 영업비조차 제대로 지원되지 않는 상태이다.

이춘만 과장이 박준태 전무 측 임원의 비위 사실을 거론했다가 이 때문에 유배되었다는 것이 사내에 퍼진 소문이다.

어쨌거나 신형섭 사장은 천지건설의 도약을 위해 과감한 결정을 내렸다.

먹이가 너무 크다는 느낌이지만 못 먹진 않을 것이라 생각했다. 임직원들의 능력을 믿는 때문이다.

이전엔 니야지 사파로프 차관이 접견실에서 기다렸는데 오늘은 신 사장이 로비에서 기다리고 있다. 초조해서 그렇다.

잠시 후, 회사 앞에 검은색 승용차들이 줄줄이 들어선다. 선두 차량에는 아제르바이잔 국기가 계양되어 있다.

번호판은 외교 넘버인데 001로 끝나 있다. 국기가 달려 있으니 주한 아제르바이잔 대사 본인이 직접 탑승하고 있다는 뜻이다.

잠시 후 일단의 무리가 로비로 들어선다.

"어라? 샤빈 무스타파예프(Shabin Mustafayev) 건설부 장관이 같이 왔어?"

얼마 전까지 경제개발부 장관이었던 인물이다.

신행정도시 건설을 입안하고 밀어붙인 장본인이니 동행이 전혀 이상하지 않다.

"으응? 라미즈 메디에프(Ramiz Mediyev)도 왔어?"

대통령의 수석보좌관이고, 두뇌 명석한 인물이다.

이들 둘의 뒤쪽엔 니야지 사피로프 경제개발부 차관과 라미즈 테이무로프(Ramiz Teymurov) 주한 아제르바이잔 대사가 따르고 있다.

사피로프 차관의 수행비서인 지드코바 후세이노프의 얼굴도 보이고, 처음 보는 얼굴도 몇몇이 보인다.

뒤쪽에 처져 있는 걸 보면 장관 및 대사 등의 비서인 듯싶다. 이밖에 경호원들의 모습도 눈에 띄었다.

"어서 오십시오. 여러분들을 진심으로 환영합니다."

현수의 유창한 아제르바이잔어에 모두의 시선이 쏠린다.

"오! 우리말을 아주 잘하는 군요."

"반갑습니다. 샤빈 무스타파예프 장관님이시죠?"

"으잉? 그걸 어떻게……?"

한국은 처음인데 나를 어찌 아느냐는 표정이다.

"2013년에 브뤼셀을 방문하셨을 때의 기사를 보았습니다."

2013년의 샤빈 무스타파에프는 아제르바이잔 경제개발부 장관을 역임하고 있던 시절이다.

그해 8월에 유럽연합과 '프레임 워크 프로그램'[14] 착수를 위해 대표단을 이끌고 브뤼셀을 방문한 바 있다.

당연히 한국엔 단 한 줄도 보도된 바 없다. 남아공도 그랬을 것이다. 직접적인 이해관계가 전혀 없는 때문이다.

그런데 그때 이야기한다. 장관이 다소 멍한 표정을 지을 때 현수의 말이 이어진다.

"그때와 하나도 달라지지 않으셨군요."

"하하! 이거 대단한 인물이네요. 기억력이 참 좋습니다."

"칭찬해 주셔서 고맙습니다."

장관과 악수를 마친 현수는 메디에프에게 시선을 준다.

"라미즈 메디에프 수석보좌관님도 오셨군요. 반갑습니다. 하인스 킴이라 합니다."

"……! 환대해 주셔서 고맙습니다."

"라미즈 테이무로프 대사님도 격하게 환영합니다."

"아…! 반갑습니다."

아무도 현수를 모르는데 혼자 매우 반갑다는 표정을 짓고 있다. 하여 다들 이건 뭔가 하는 표정이다.

그러거나 말거나 현수는 뒤따르던 인물들을 맞이했다.

---

14) 프레임 워크 프로그램 : 데이터 전송을 위한 법률

"사피로프 차관님! 또 뵙네요."

"하하! 네에, 반갑습니다."

"후세이노프 비서관님도 환영합니다."

"헐……! 정말 반갑습니다."

후세이노프는 차관님은 몰라도 한낱 비서인 자신의 이름까지 기억하느냐는 표정이다.

잠시 후, 일행은 천지건설 34층에 위치한 접견실로 안내되었다. 예쁜 꽃 등으로 치장되어 있었다.

"이쪽은 천지그룹 이연서 총괄 회장님입니다."

천지건설이 단번에 국내 도급순위 1위로 도약할 수 있는 엄청난 건인지라 총괄회장까지 온 것이다.

이연서 화장과 현수는 사전에 인사를 마쳤다.

처음 소개받을 때 유니콘 아일랜드와 양평의 땅을 단번에 전액 결재한 인물이라는 말에 눈빛을 빛냈다.

9,177억 원을 단번에 이체시킬 정도로 현금동원 능력이 대단한 인물이며, 신수동 땅을 매입하여 장차 대형빌딩을 지을 예정이라는 설명은 이미 들은 바 있다.

서른한 살이라고 들었는데 아무리 봐도 스물다섯을 넘긴 것 같지 않으니 대체 정체가 뭔가 싶었던 모양이다.

어쨌거나 현수는 차례로 모두를 소개했다.

한국어와 아제르바이잔어를 모두 알고 있는 유일한 인물이니 나설 수밖에 없었던 것이다.

"이쪽은 아제르바이잔에서 건설부 장관을 맡고 계신……."

"이분은 일함 알리예프 대통령님의 수석보좌관이신……."

"이 사람은 아제르바이잔 경제개발부 차관님으로……."

"주한 아제르바이잔 대사님이신……."

현수의 소개로 모두 인사를 마쳤다.

소개될 때마다 명함을 주고받으며 한 마디씩 이야길 나눴는데 충분히 의역하여 통역했다.

연후에 모두가 소파에 앉았다.

천지건설 쪽엔 이연서 회장과 신형섭 사장, 그리고 현수가 자리했고, 아제르바이잔 쪽은 건설부 장관과 대통령 수석보좌관, 그리고 경제개발부 차관이 마주 앉았다.

주한 아제르바이잔 대사는 대사관 업무 때문에 인사만 하고 돌아가서 3 : 3인 자리가 되었다.

조인경 과장이 조신한 모습으로 모두에게 음료를 제공할 때까지 자기들끼리만 대화를 나누었다.

아제르바이잔 인물들은 모두 현수를 눈여겨보고 있었다.

차관으로부터 설명을 듣기론 남아공 국적이며, 의사라 하였다. 한국에선 연예기획사를 운영한다고 하였다.

그런데 단순한 통역이 아니라 천지건설의 대변인 같으니 대체 어떤 인물인가 싶었던 것이다.

궁금한 걸 못 참는 샤빈 무스타파예프 장관이 신형섭 사장을 바라보며 입을 연다. 물론 아제르바이잔어이다.

통역은 현수가 스스로 알아서 해줄 것이라 믿어 의심치 않는 모양이다.

"신 사장님! 대화를 나누기 전에 미스터 킴이 귀사와 어떤 관계인지 궁금한데 대답해 주실 수 있겠습니까?"

"……?"

한마디도 알아들을 수 없는 말을 쏟아내니 대체 뭔 말인가 하는 표정으로 현수를 바라본다. 통역해달라는 뜻인지라 장관의 말을 가감 없이 그대로 이야기해 주었다.

이에 신 사장은 대답 대신 이연서 총괄회장을 바라보았다. 이 회장은 현수에게 시선을 주었다.

"하인스 킴이라고 했죠?"

"네!"

"우리 회사에 입사할 생각 없습니까?"

"네?"

"전무이사 자리 어떻습니까?"

사외이사도 아니고, 그냥 이사도 아니며, 그 위의 상무이사도 아닌 전무이사 자리를 대뜸 제안한다.

대단한 현금 동원능력, 유창한 외국어, 그리고 호감 가는 인상이다. 영입해두어 손해 볼일은 없다 판단한 것이다. 과연 과감하고, 통이 크다. 이에 현수는 짐짓 놀란 표정을 지었다.

"제가요?"

"천지건설의 전무이사가 되어 아제르바이잔 건의 조율을

맡기고 싶은데 의향이 어떤지 궁금합니다."

건축이나 건설에 대해 하나도 모른다고 생각하는 모양이다. 아무튼 이 회장은 관찰하는 눈빛으로 현수를 바라본다.

아제르바이잔 측 인사들은 둘이 대화를 나누기는 하는데 도통 무슨 내용인지 알 수 없어서 의아한 표정을 짓고 있다.

하인스 킴이 귀사와 어떤 관계냐고 물었는데 그거와 관련 없는 대화를 하는 듯해서이다.

"아제르바이잔 건만 해당 되는 직위인가요?"

현수의 다소 도발적인 물음에 이연서 회장은 잠시 말을 끊었다. 하지만 그 시간은 그리 길지 않았다.

"그런 건 아닙니다. 전무이사로서 능력을 보여준다면 당연히 확장될 수 있을 겝니다."

현수는 잠시 생각을 해보았다.

당장은 Y─빌딩과 7층짜리 건물 100동을 지을 생각이다. 이밖에 상당히 많은 공장 또한 건설해야 한다.

다른 회사에 일을 맡길 생각은 전혀 없다. 그렇다면 천지그룹과 다시 인연을 맺는 것도 나쁘진 않다.

전무이사 정도면 본인의 뜻을 확실하게 전달할 수 있는 직위이니 오히려 더 좋을 수도 있다.

발언권이 크니 유리한 상황을 만들 수 있기 때문이다.

"전무이사직을 주신다면 받아야겠죠? 참, 연봉은 되도록 많이 주십시오. 저, 몸 값 엄청 비쌉니다."

현금 동원 능력이 어떤지 이미 보여준 바 있으니 연봉 이야기는 농담이라는 걸 충분히 알아들었을 것이다.

현수가 싱긋 미소를 짓자 이연서 회장이 만족스럽다는 듯 웃음을 지어 보이더니 신형섭 사장에게 시선을 준다.

이제 말해보라는 뜻이다. 이에 신 사장도 장관에게 시선을 주며 입을 연다.

"하인스 킴은 방금 우리 회사의 전무이사가 되었습니다."

현수는 쑥스럽지만 아제르바이잔어로 통역을 했다.

"오, 이런…! 축하합니다. 천지건설이 작은 회사가 아니라 들었습니다."

사전에 공부를 하고 온 모양이다.

하긴 큰 공사를 맡길 회사이고, 주한 아제르바이잔 대사가 동행했으니 어쩌면 당연한 일일지도 모른다.

"나도 축하합니다. 고위 임원이 되셨군요."

전무이사는 영어로 'Executive Director' 또는 'Senior Managing Director' 라 한다.

참고로, Executive는 '임원, 대표, 경영자, 책임자' 라는 뜻을 갖고, Senior는 '선임, 고령자, 최고학년의, 선배' 라는 뜻이다.

Managing은 '관리, 간부, 운영, 경영하는' 이라는 뜻이고, Director는 '관리자, 감독' 이라는 뜻이다.

"축하해주셔서 감사합니다."

현수는 자리에서 일어나 모두에게 정중한 예를 갖췄다. 그러곤 곧장 본론으로 들어갔다.

"방금 전 저는 천지건설로부터 신행정도시 건설공사에 대한 전권을 위임받았습니다."

이연서 회장과 두어 마디 나눈 걸 이렇게 포장한 것이다.

아제르바이잔 측 인사들은 이제부터 본론이라 생각했는지 다들 눈빛을 빛내며 현수를 바라본다.

"그제, 차관님에게 말씀드린 대로 귀측에서 저희에서 주셨던 공사비 금액과 저희가 산출한 금액에 차이가 있습니다."

현수는 잠시 말을 끊고 아제르바이잔 측 인사들의 면면을 살폈다. 다들 이의가 없는 듯하다.

"잘 아시겠지만 신행정도시 건설공사를 수행하려면 상당히 많은 장비 및 인력이 투입되어야 합니다."

또 말을 끊은 현수는 신형섭 사장에게 시선을 돌렸다.

"사장님! 어제 보여주셨던 지도 좀 띄워주십시오."

신 사장은 고개를 끄덕이곤 빔 프로젝트의 전원을 넣었다.

잠시 후, 스크린에 지도가 나타나자 레이저 포인트로 하나하나 짚으며 설명하기 시작했다.

"저희가 공사를 수행하려면 이곳을 거쳐 이렇게, 그리고 이렇게 지나야 하고, 마지막으로 조지아를 관통해야 합니다."

현수는 어제 신형섭 사장에게 들었던 이야기에 약간의 살을 붙였다. 해적과 IS, 그리고 불안한 중동정세 등을 조금 더 실감나게 언급한 것이다.

약 10분에 걸친 설명을 끝으로 샤빈 무스타파예프 건설부 장관에게 시선을 맞추었다. 그가 결정권자인 때문이다.

"그러다 보니 귀측에서 산출하신 것과 12억 3,600만 달러의 차이가 발생되었습니다."

샤빈 무스타파예프 등은 충분히 납득이 된다는 표정이다. 거리도 멀고, 난이도도 높으며, 위험성도 높다.

자신들이 제시한 공사비 600억 달러는 아제르바이잔 경제개발부 공무원들이 직접 산출한 공사비와 천지건설보다 접근이 쉬웠던 회사들이 뽑은 견적금액의 평균 액수이다.

결정적인 건 이게 2년 전 금액이라는 것이다.

그사이에 물가가 많이 상승했다. 그리고 막대한 차관을 제공하는 조건이 붙어 있다.

12억 3,600만 달러는 제시된 공사비 600억 달러의 2.06%에 해당된다. 이는 인플레이션 된 금액에도 미치지 못한다.

따라서 천지건설에서 차이가 있다고 제시한 금액은 아주 양심적으로 견적을 뽑았다는 방증(傍證)이다.

샤빈 무스타파예프 건설부 장관과 라미즈 메디예프 대통령 수석보좌관, 그리고 니야지 사피로프 경제개발부 차관은 서로의 시선을 교환했다.

이틀 전 사피로프 차관은 현수와의 통화 내용을 즉각 상부에 보고했다. 120억 달러 차관조건을 수용한 유일한 업체이니 당연한 일이다.

이에 대통령은 관계 실무진들을 모두 불러모았다.

그 자리에서 어느 정도까지 받아들여 줄 건지에 대한 내부 결정이 있었다. 다시 말해 공사비를 얼마까지 올려줄 건지에 대한 허용범위가 이미 결정된 상태로 이곳에 왔다.

현수는 아제르바이잔 측의 인사들이 눈빛으로 대화를 나누는 걸 보며 고민했다.

천지건설 측의 계산대로 600억 달러에서 12억 3,600만 달러를 뺄 건지, 아니면 이보다 적은 금액을 뺄 건지를 속으로 계산하고 있을 때 건설부 장관이 입을 연다.

"미스터 킴! 설명 잘 들었습니다. 고맙습니다."

"네에."

"천지건설 측의 요구가 충분히 납득됩니다. 하지만 부르는 액수를 전부 줄 수는 없지요. 안 그렇습니까?"

"저도 충분히 납득합니다."

현수가 고개를 끄덕일 때 장관의 말이 이어진다.

"딱 10억 달러만 더 얹읍시다. 우리도 귀국해서 할 말이 있어야 하지 않겠습니까?"

"네…?"

*   *   *

현수가 이건 뭔가 하는 표정을 지을 때 장관의 말이 이어진다. 먼저 말해야 한다는 뜻이다.

"딱 610억 달러! 이 금액이라면 지금 당장에라도 계약서에 사인하겠습니다. 귀사의 대답은요?"

장관은 2억 3,600만 달러를 깎겠다는 뜻으로 한 말이다. 그리고 네고 없는 계약이 어디에 있느냐는 표정이다.

마지노선은 3,600만 달러를 차감한 12억 달러였는데 시치미를 뚝 뗀 것이다. 아울러 어서 통역하여 신 사장과 이 회장의 의중을 물어봐달라는 듯 둘을 바라본다.

"흐음, 알겠습니다. 바로 확인해 드리겠습니다."

이연서 회장과 신형섭 사장은 지금껏 현수의 능수능란한 브리핑을 보고 들으면서 아제르바이잔 쪽 인사들의 표정을 살피고 있었다.

뭐를 말하는지 몰라도 충분히 이해한다는 듯 수시로 고개를 끄덕였다. 한마디도 알아들을 수 없어 몹시 답답했지만 어쩌겠는가! 처분만 기다리는 심정이었다.

이윽고 현수가 시선을 돌리자 둘은 잔뜩 긴장한 표정이다.

천지건설이 크게 도약하느냐, 아니면 현 상태에 머무느냐를 결정하는 순간이라는 걸 감각적으로 느낀 모양이다.

"이연서 회장님, 신형섭 사장님!"

"……!"

둘은 고개만 끄덕일 뿐 대꾸하지 않았다. 뭔지 몰라도 어떻게 되었는지 말을 하라는 뜻이다.

"지금부터 제가 드리는 말씀을 듣고 절대 표정에 변화를 보이시면 안 됩니다. 아셨죠?"

"······!"

또 고개만 끄덕인다.

그런데 표정이 잔뜩 굳어 있다. 뭔가 있나 싶어서이다.

"우리 쪽 계산은 600억 달러보다 12억 3,600만 달러가 적은 587억 6,400만 달러라고 하셨습니다. 맞죠?"

현수의 시선을 받은 신 사장이 크게 고개를 끄덕인다.

"방금 저는 공사가 얼마나 어렵고 힘들지에 대한 상세한 설명을 했습니다. 그러면서 12억 3,600만 달러의 차이가 있다는 것도 이야기했습니다."

"······!"

궁금하게 하지 말고 어서 결론부터 말하라는 표정이다.

"근데 제가 그저께 사피로프 차관과 통화를 할 때 그만큼 마이너스 된다고 이야기한 건 아닙니다."

"······무슨 소린가, 그게?"

이연서 회장의 처음으로 말을 놓으며 묻는다.

현수가 어려서이기도 하지만 전무이사직을 받아들였으니 상사로서 말을 놓은 것이다.

"차관과 통화할 때 공사비가 너무 많이 계산되어 있다는 말을 하지 않았다는 뜻이죠."

"그럼…? 저쪽에선 그만큼 올려 받아야 한다는 뜻으로 받아들였단 말인가?"

"아무래도 그런 거 같습니다."

"허어…!"

이 회장이 털썩 등받이에 기대자 아제르바이잔 측 인사들이 잔뜩 긴장한 표정으로 바라본다.

자신들의 뜻이 받아들여지지 않는다고 느낀 모양이다.

이런 애매한 분위기는 얼른 일신시켜야 한다. 하여 열심히 설득하는 모습을 보여주기로 했다.

"저는 천지건설 견적 팀 실력을 믿습니다. 하지만 이 공사가 마냥 순조로울 것이라고는 생각지 않습니다. 해적과……"

현수는 공사에 어떤 변수가 발생될지 모른다는 설명을 했다. 그러곤 말을 이었다.

"저쪽에선 우리가 제시한 금액에서 2억 3,600만 달러를 깎은 610억 달러라면 당장 계약서에 사인하겠다고 합니다. 참고로 이 공사의 전권은 건설부 장관에게 있습니다."

당사자가 이 자리에 있으니 아예 끝장을 내자는 뜻이다.

공사 계약을 하려면 시공할 수 있는 도면과 시방서까지 첨부되어야 한다. 아울러 설계가 변경될 경우에 관한 상세한 내용까지 모두 언급되어야 한다.

그럼에도 이 자리에 계약 운운한 것은 신행정도시 건설공사가 턴키베이스[15] 방식이기 때문이다.

모든 설명을 들은 이연서 회장과 신형섭 사장은 잠시 명한 표정이다.

12억 3,600만 달러를 덜 받아도 된다는데 오히려 10억 달러를 더 받게 해준다는데 어찌 멍하지 않겠는가!

22억 3,600만 달러는 무려 2조 6,289억 7,700만 원에 해당되는 거금이다.

현수로부터 부동산 매각대금으로 받았던 9,177억 원으로 회사의 모든 어려움을 해결한 바 있고, 남는 돈은 미분양 아파트를 준공시킬 자금으로 사용하는 중이다.

그런데 그 돈의 2배가 넘는 공돈이 생긴다고 한다.

이연서 회장이 기업을 일으키는 동안 별의별 상황을 만나 산전, 수전, 공중전까지 겪은 백전불굴의 노장이긴 하지만 이 대목에선 기가 차다는 표정만 지을 수 있을 뿐이다.

재벌 회장에게도 2조 6,290억 원은 엄청나게 큰돈이기 때문이다. 월급쟁이인 신형섭 사장은 두말하면 숨 가쁘다.

아제르바이잔의 신행정도시 건설공사를 수주했을 때의 순이익을 누구보다도 잘 알고 있다. 그런데 그와 별도로 어마어마한 금액이 추가이익으로 될 상황이다.

_____

15) 턴키베이스 : 키(key)를 돌리기(turn)만 하면 모든 설비가 돌아갈 수 있는 상태로 인도한다는 뜻. 건설업체가 설계부터 시공, 기계설치 및 시운전에 이르기까지 책임지고 완성된 목적물을 인도하는 "설계·시공 일괄 입찰 계약"에 따른 건설형태

천지건설이 1년 내내 죽어라 공사를 해도 얻을 수 없는, 상상해 본 적도 없는 금액이다. 어찌 멍하지 않겠는가!

그러거나 말거나 현수의 말이 이어진다.

"돈을 더 받는 대신 안전관리에 각별히 신경 쓰고, 공사 품질을 높여주면 서로 Win—Win이라 생각합니다. 괜찮으시죠?"

"그, 그럼! 그렇게 해주면 오히려 고맙지."

이연서 회장이 얼떨결에 고개를 끄덕이자 아제르바이잔 측 인사들에게 시선을 돌렸다.

"천지건설에서 귀국의 제안을 받아들였습니다."

"호우~!"

"와우~!"

"하하하!"

셋은 지극히 기분이 좋다는 듯 감탄사를 터뜨린다.

이연서 회장과 신형섭 사장은 애써 표정관리를 하면서도 터져 나오는 웃음을 제어하진 못했다.

"허허허!"

"후후후후!"

"그런데 차관님께 말씀드리려 했던 걸 이 자리에서 이야기해도 되겠습니까?"

"네에, 말씀하십시오."

기분이 좋으니 뭐든 말하라는 표정이다.

"천지건설에서 수주하기로 한 금액에 정부 관계자에 대한 리베이트는 없습니다."

단숨에 적의 심장을 찌르는 듯한 발언이다.

"그건… 당연한 말씀입니다. 아제르바이잔의 공무원들은 부정부패를 아주 싫어합니다."

가장 먼저 반응한 것은 실세인 건설부 장관이다. 일행 중 최고 권력자이니 다들 고개만 끄덕여 동의했다.

"그래서 말씀인데 혹시라도 사소한 빌미를 꼬투리 삼아 그런 걸 요구하는 경우에 저희가 어떻게 해야 하는지 알려주실 수 있는지요."

"그건… 내 직통번호를 주겠습니다. 누구든 불편부당한 걸 자행하면 즉시 연락주십시오."

누구든 천지건설을 상대로 돈을 뜯어내려다간 패가망신할 거라는 뜻이다.

샤빈 무스타파예프 장관이 명함 한 장을 건넸다. 조금 전 통성명을 할 때 건넨 것과는 다른 것이다.

조금 전의 것은 공식 전화번호만 있는 거고, 이번 것은 본인의 집무실과 휴대폰 번호까지 있는 것이다.

"감사합니다. 장관님의 뜻에 따라 천지건설은 고품격, 고효율을 가진 신행정도시를 건설하도록 할 것입니다."

"당연히 그래야지요."

장관이 고개를 끄덕일 때 현수의 말이 이어졌다.

"그래서 말씀인데 감리업체를 선정하실 때 가장 엄격한 곳을 선정해주시기 바랍니다."

건설사가 법령에 따라, 그리고 규정에 따라, 공사를 도면대로 하는지를 관리 감독하는 것이 감리(監理)이다.

감리를 가장 엄격한 곳으로 선정해달라는 건 작정하고 제대로 공사하겠다는 뜻이다.

발주처로선 불감청고소원(不敢請固所願)한 일이다. '감히 청하지는 못하나 원래부터 몹시 바라던 바' 라는 뜻이다.

"요청하신대로 될 겁니다."

이제 아제르바이잔 신행정도시 공사에서 뇌물을 바라는 공무원들은 완전히 배제되었다.

권력실세인 건설부장관의 직통번호가 있으니 본인과 대통령을 제외한 서열 3위 이하가 뇌물을 요구하면 곧바로 파면 또는 감옥행이 될 것이다. "감사합니다. 계약서는 천지건설 쪽에서 준비하겠습니다. 시간이 조금 걸릴 텐데 다 같이 점심식사 어떠신가요?"

"그거 좋소! 2억 3,600만 달러나 깎아주었으니 오늘 점심값은 우리가 내겠소."

"에구, 그건 아니죠! 여긴 한국입니다. 멀리서 오신 손님이시니 당연히 천지건설에서 내야지요."

"아니, 될 말씀! 무슨 일이 있어도 우리가 낼 것이니, 그런 생각일랑 하지 말라 하고 좋은 곳으로 안내해주시오."

현수와 장관 일행이 웃으며 대화를 나누자 이연서 회장과 신형섭 사장은 또 꿔다놓은 보릿자루처럼 앉아 있었다.

일행은 삼청각으로 자리를 옮겨 '궁중수라'를 먹었다.

1인당 20만 9,000원짜리 메뉴를 본 아제르바이잔 인사들은 연신 예쁘고, 맛있다며 그릇을 비웠다.

제일 맛있어 한 것은 전복과 수삼을 곁들인 갈비찜이었다.

인삼이 몸에 좋다는 걸 알았는지 남김없이 씹어 먹고 추가로 더 달라 해서 1인분씩 더 먹었다.

점심식사 후엔 송도신도시[16]로 향했다.

천지건설에서 새로 구입한 21인승 리무진 버스를 이용했다.

프리미엄 고속버스에 사용되는 것이라 좁지 않고 안락했다. 160° 까지 좌석이 젖혀지며, 발을 뻗을 공간까지 있다.

아제르바이잔 측 인사들은 감탄하면서 가격 등을 물어보며 관심을 표했다.

송도신도시를 본 장관 등은 다시 감탄사를 연발했다.

다양한 디자인, 쭉쭉 뻗은 건물, 널찍한 도로, 잘 가꿔진 공원 등이 인상적이었던 모양이다.

그렇게 잘 구경하고 천지건설 사옥으로 돌아왔을 때이다.

장관 일행이 먼저 내렸고, 이 회장과 신 사장이 이들을 안내하고 있었다. 인천을 왕복하는 동안 조금 친해졌다.

보디랭귀지만으로도 무슨 뜻인지를 대충 가늠할 수 있기에

---

16) 송도신도시 : 송도국제도시. 인천광역시 연수구 송도동 소재

장관 등은 웃으며 신 사장의 안내를 받았다.

현수는 가장 늦게 버스에서 내렸는데 혹시 놓고 간 물건은 없는지를 확인했다. 그러곤 로비로 들어서서 임원용 엘리베이터로 향했다.

천지건설은 모든 경비원들에게 오늘 상당히 귀한 손님들이 오니 실수하지 말라는 지시를 내린 바 있다.

현수는 현재 VIP 방문객 패찰을 달고 있다. 하여 아무도 제지하지 않았다.

Chapter 08
—
이봐! 우리가 좀 급해

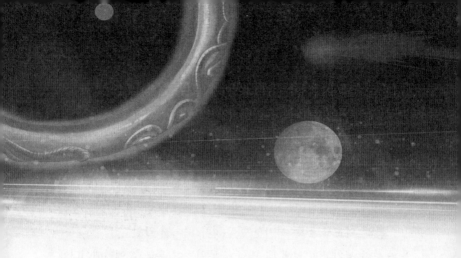

　엘리베이터 홀에 당도하여 인디케이터를 보니 34층까지 올
라갔다가 내려오는 중이다.

　잠시 후, 엘리베이터의 문이 열렸다.

　아무도 없는 것을 확인하고 발을 들여놓으려는 찰나, 누군
가 밀친다.

　"이봐! 우리가 좀 급해, 그러니까 양보하라고."

　상대는 자신의 가슴에 패용되어 있는 신분증을 들어 보인
다.

　너무 짧은 시간이라 웬만하면 이게 뭔가 하겠지만 현수는
슈퍼마스터의 동체 시력을 가졌다.

10m 앞에서 발사된 총알을 육안으로 식별하고 이에 반응할 수 있는 신체이다.

오스트리아 글록(Glock)사(社)에서 제작한 글록18의 총구속도는 375m/s이다. 10m라면 0.02초 만에 당도한다.

그런데 현수는 이 총알을 식별하고 몸을 틀어 피할 능력이 있다. 그렇기에 방금 전 예의 없는 행동을 한 자의 신분증을 통해 외교부 소속 서기관 현우석이라는 걸 알았다.

현 서기관 이외에 네 명의 공무원들이 우르르 엘리베이터에 오르더니 더 탈 수 있음에도 닫힘 버튼을 눌러 닫아버린다. 잠시 후 34층에서 세워졌음을 알 수 있었다.

최근 2,900년 동안 이런 무례는 처음이다. 현수의 불쾌한 심사를 알았는지 도로시가 종알거린다.

'데스봇 레벨9 어때요? 엄청 무례했잖아요. 아예 변형 캔서봇의 리미트를 풀어놓고 4기로 할까요?'

하루에 불타는 듯한 고통을 30분씩 8번을 느끼게 하거나, 암에 걸려 3개월 이내에 사망에 이르도록 하자는 뜻이다.

'외교부 서기관 현우석, 징벌 대상이야? 확인해 봐.'

현수의 물음에 도로시는 불과 2초 만에 대답한다.

'왕싸가지네요. 특별한 범법행위나 범죄행위는 없지만 싸가지 없기로 이름나서 관찰대상 명단에 올라 있어요. 상향시킬까요? 몇 단계나 올릴까요?'

'……!'

현수가 아무런 대꾸도 하지 않자 도로시의 말이 이어진다.

'조금 전 폐하께 취한 행동은 착형에 해당돼요.'

착형(搾刑)이란 틀 안에 넣고 짜내는 형벌이다. 참깨로 참기름을, 들깨로 들기름을 짜내는 것과 같은 형식이다.

사람을 형틀에 올려놓고, 위아래, 그리고 전후좌우에서 조여들어가는 형벌이다. 1분에 0.2㎝ 정도 조여든다.

체내의 모든 수분과 기름기가 빠져나온 뒤에도 압축은 계속된다. 최종적으로는 가로, 세로, 높이가 각각 10㎝ 정도 되는 육면체가 되어 배출된다. 폐차장에서 자동차를 찌그러트리는 것과 같은 형벌이다.

관찰대상이니 아직은 정해진 형벌이 없다. 그런데 무례를 저질렀으니 투여될 데스봇의 단계를 결정하자는 뜻이다.

땡―!

텅 빈 엘리베이터가 다시 당도했다.

말없이 올라탄 현수는 34층 버튼을 눌렀다.

땡―!

34층에 당도하여 문이 열렸다.

이연서 회장과 신형섭 사장, 그리고 샤빈 무스타파예프 아제르바이잔 건설부 장관, 라미즈 메디에프 대통령 수석보좌관, 니야지 사피로프 경제개발부 차관, 그리고 라미즈 테이무로프 주한 아제르바이잔 대사가 기다리고 있었다.

"어…? 왜 다들 여기에 계세요?"

말이 통하지 않으니 통역이 필요하다. 그런데 뒤따르던 현수 대신 외교부 공무원들만 올라왔다.

임원 전용 엘리베이터이기에 곧바로 올라올 줄 알았는데 예상외의 인물들이 올라온 것이다. 그리고 11명이 탈 수 있는 엘리베이터에 달랑 5명만 타고 왔다.

그중 하나가 러시아어로 자신은 외교부 공무원이라고 신분을 밝혔다.

샤빈 무스타파예프 아제르바이잔 건설부 장관과 라미즈 메디에프 대통령 수석보좌관, 그리고 니야지 사피로프 경제개발부 차관은 이건 뭐 하는 놈인가 하는 표정을 지었다.

4급 공무원이 상대하기엔 너무 거물이니 당연한 일이다.

문제는 러시아어를 썼다는 것이다.

아제르바이잔은 약 180년간 러시아의 지배를 받았다.

1992년에서 1994년까지 '나고르노—카라바흐 분쟁[17]' 이 발생했을 때 러시아는 아제르바이잔의 적대국인 아르메니아에 군사적 지원을 한 바 있다.

뿐만 아니라 '나고르노—카라바흐 분쟁' 해결을 위한 유럽안보협력기구(OSCE)의 민스크(Minsk)그룹 공동의장국 중 하나

---

17) 나고르노-카라바흐(Nagorno-Karabakh) 분쟁 : 이 지역은 아제르바이잔에 위치하고 있으나 역사적으로 아르메니아인들이 다수 민족으로 거주하고 있다. 이슬람교도인 소수 아제르바이잔인(5만)이 기독교인인 다수 아르메니아인(14만 명)을 지배하는 구조가 분쟁의 원인이 되었다

인 러시아는 아르메니아에 대한 편향적 자세를 보였다.

이러한 친아르메니아 행동은 아제르바이잔 국민들로 하여금 러시아에 대한 반감을 갖도록 만들었다.

그런데 한국의 서기관은 아제르바이잔이 한때 러시아에 의해 지배받았다는 것만 아는 듯 러시아어를 내뱉었다.

어찌 기분이 좋겠는가!

하여 무얼 말하든 못 들은 척 현수만 기다리고 있었다.

"어…? 너는 여기 왜 올라왔어?"

자신의 러시아어가 통하지 않아 부하들 앞에서 쪽팔렸다 생각한 서기관은 또 반말이다.

4급 공무원이 되려면 일단 5급 공무원이 되어야 한다. 그리고 5급은 행정고시를 패스해야 가능하다.

이렇게 시험만 봐서 뽑으면 인간성이 글러먹은 것들도 공무원이 될 수 있다. 현우석 같은 인간을 뜻하는 말이다.

하긴 교육부 정책기획관 중 하나는 '국민들은 개돼지'라 하였다. 이딴 것들이 뽑히는 것이 공무원 시험이다.

이 발언이 문제가 되어 파면되자 불복절차를 걸쳐 강등으로 징계수위가 낮춰졌다. 그럼에도 또 이의제기를 하였다.

본인은 공직에 복귀해 명예회복을 하겠다는 의지이지만 국민들의 시선을 싸늘하기만 하다.

징계수위를 낮춰준 법원에 대한 인식 또한 나빠졌다.

그래서 공무원을 뽑을 때에는 가장 먼저 인간성과 도덕성

검증부터 해야 한다. 지식과 능력은 그다음이다.

자신에게 월급을 주는 국민들을 개돼지로 아는데 어찌 국민들을 위해 봉사하겠는가!

어쨌거나 현우석은 4급 공무원이다.

어렵기로 이름난 행정고시를 패스했다는 뜻이다. 그런데 하는 짓은 개돼지 같다. 예의라곤 코딱지만큼도 없다.

홀로 엘리베이터를 타고 오는 동안 현 서기관과 그 일행의 무례 때문에 기분이 나빴다.

34층에 당도하자마자 다시 얼굴을 보는 것만으로도 기분이 나쁜데 대놓고 반말이다.

현수는 여권을 꺼내 펼쳐 보이며 말했다.

"나는 남아프리카공화국 국민입니다. 당신은 뭔데 초면인 내게 반말을 하는 겁니까?"

"뭐? 뭐라고?"

당황한 듯하면서도 현수의 여권 내용을 살핀다.

"뭐야? 너 이중국적이야?"

또 반말이고, 이번에는 더 기분이 나빴다.

"아니! 난 남아공 국민이야. 한국 국적 따윈 없고. 근데 너는 왜 자꾸 반말이냐? 너, 나 알아?"

"뭐, 뭐라고?"

현우석이 더 대꾸하기 전에 현수가 먼저 입을 열었다.

"난 너 같은 놈이랑 말하기 싫으니까 꺼져!"

"뭐? 너어……."

"어허! 또 너라고 그런다. 너 나 알아? 너 몇 살이냐?"

4급 공무원이 어디서 이런 대접을 받아보았겠는가!

현우석은 혈압이 오른다는 듯 손으로 뒷목을 잡는다.

"너! 너, 이 여권 위조지? 아니야?"

"아니면! 아니라는 게 확실하면 어떻게 할래?"

"뭐라고?"

"이 여권이 위조면 난 자살할게. 넌 뭐 할래?"

엘리베이터 문이 열린 이후 이연서 회장과 신형섭 사장 및 아제르바이잔에서 온 귀빈들의 표정이 예사롭지 않다.

전혀 우호적인 분위기가 아닌 것이다.

현우석은 40대이다.

현수는 아무리 봐도 25세를 넘은 것 같지 않다. 그런데 여권에 기록된 생년월일을 보면 31세이다. 사진을 보니 현재와 동일하다. 그렇다면 위조 여권일 확률이 매우 높다.

"너! 여기서 기다려!"

현우석이 경찰에게 연락하는 동안 현수는 장관 일행에게 양해의 말을 했다.

엘리베이터를 빼앗아 탄 것부터 이야기하자 다들 현우석을 째려보았다. 무례의 극치라 생각한 것이다.

잠시 후 모두가 신형섭 사장의 집무실에서 계약서 내용을 검토할 때 경찰이 출동했다.

"잠시 검문하겠습니다. 신분증을 제시하여 주십시오."

"미안합니다만 나는 범죄자도 아니고, 대한민국의 국민도 아니라 응할 수 없습니다."

누가 봐도 한국 사람이고, 한국어도 전혀 외국인 같지 않은데 아니라고 하자 경찰관이 핏대를 세운다.

"뭐요?"

그러거나 말거나이다.

"정히 내 신분을 확인하고 싶으면 남아프리카공화국 대사관을 통하던지, 아니면 출입국관리사무소 공무원이 왔으면 좋겠습니다."

"이봐요. 좋게 말할 때 주민증 꺼내요."

"없는 주민증을 어떻게 꺼냅니까?"

"뭐라고…?"

슬쩍 반말로 화를 낸다. 그러거나 말거나이다.

"반말 하지 마세요. 그리고 분명히 말하지만 나는 한국사람 아닙니다. 예의를 갖춰주세요."

"이놈이 정말……?"

곁에 있던 현우석이 기어이 도발한다.

"방금 뭐라고 했습니까? '이놈이 정말?'이라고 했지요?"

"그래! 그랬다. 나이도 어린 새끼가…! 너, 내가 누군지 알아? 나, 외교부 4급 서기관이야. 새파랗게 어린 새끼가 어디서 감히……. 너 같은 건 내가 전화 한 통이면 곧장 감옥이야. 알아? 싸가지 없는 새끼 같으니."

현수는 대꾸하지 않고 휴대폰을 들어 번호를 눌렀다.

"접니다! 여기 천지건설 사옥 34층에 있습니다. 지금 즉시 와주셨으면 좋겠습니다."

통화를 마치곤 또 번호를 누른다.

그러곤 같은 내용을 말하고 바로 끊는다. 상대의 반응 따위는 필요 없다는 듯 그야말로 '용건만 간단히'이다.

휴대폰을 주머니에 넣은 현수는 현우석 서기관과 경찰관에게 시선을 주었다.

"두 분이 제가 하신 말씀은 제 휴대폰에 모두 녹음되어 있습니다. 외국인을 상대로 참 무례하더군요."

"지랄하고 있네."

"그러게 말입니다. 살다보니 별 미친놈을 다 보네요."

경찰관은 외교부 4급 공무원이라는 말에 살짝 꼬리를 만 모양이다.

"행정고시 합격 후 지금까지 어떻게 잘 지내온 모양입니다. 그런데 어쩌죠? 오늘부터 당신의 출셋길은 완전히 막혔습니다. 이 경사님도 마찬가지구요."

"뭐야? 어디서 이런 천둥벌거숭이 같은 것이…… 너 뒈질래? 앙? 죽고 싶어?"

"지금 생명을 가지고 협박한 겁니까?"

"그래! 너 같은 건 그냥…… 어휴! 내가 진짜."

"이봐! 까불지 말고 신분증 내놔."

"이 나라 국민이 아니고, 아무런 범법행위도 하지 않았습니다. 현행범이 아닌데 왜 신분증을 요구하죠?"

"뭐라고?"

*   *   *

이 경사가 몹시 열받은 듯 씩씩거린다. 그러거나 말거나이다. 전후 상황을 제대로 파악하지 않고 공무원의 말이 무작정 옳다고 생각하는 이런 경찰도 배제 대상이다.

'도로시, 이놈들은 레벨 뭐야?'

'둘 다! 관심단계라 아직 정해지지 않았어요.'

'그래.'

'하지만 방금 정해졌어요. 현우석 서기관은 폐하를 시해하겠다는 협박을 했습니다. 하여 데스봇 레벨10 확정입니다.'

'레벨10이면 좀 심하지 않아?'

'대놓고 역적질을 했는데 안 심해요?'

'그럼 이 경사는?'

'현우석에 부화뇌동하였으며 폐하께 막말을 하였으니 데스봇 레벨9 확정입니다.'

매일 12번과 8번이나 고통을 겪는다면 살아도 산 것 같지 않은 삶을 살게 된다는 뜻이다.

'즉각 투여를 지시합니다.'

사람들의 눈에 뜨이지는 않지만 현재 신일호가 가까이에 있다. 정확히는 이 경사와 현수 사이에 있다.

조금이라도 위해를 가하려는 몸짓을 한다면 그 즉시 머리가 동체로부터 분리되는 불상사를 겪게 될 것이다.

1층에서 엘리베이터를 타려 했을 때 현수가 제지하지 않았다면 현우석 서기관과 그 일행은 모조리 목 없는 시체가 되었을 것이다.

'잠시 기다려.'

'넹—!'

도로시와 대화를 마친 현수는 신 사장의 집무실로 들어갔다. 현우석과 이 경사는 이를 제지하지 못하였다.

안에 들어 있는 사람들 모두 자신이 어쩌지 못할 존재라는 걸 알기 때문이다.

계약서는 한글과 아제르바이잔어로 기록되어 있다. 한글을 아제르바이잔어로 번역한 것은 현수이다.

아제르바이잔어는 터키어와 발음이나 단어가 비슷하다.

1928년까지는 아랍문자가, 1929년부터는 라틴문자가 채택되어 사용되었다. 그러다가 1939년이 되면서 라틴문자는 제한당했고, 키릴문자가 공식문자가 되었습니다.

이는 터키어처럼 라틴문자를 원하는 아제리인들이 원하지 않은 비합법적인 것이었다.

1991년에야 다시 라틴문자가 공식문자가 되었고, 키릴문자는 러시아 식민주의의 잔재라 하여 금지되었지만, 지금도 키릴문자는 사용되고 있다.

참고로, 현수가 작성한 계약서는 라틴문자로 되어 있다.

이를 살피는 일은 상당한 시간이 걸릴 일이다. 자구(字句) 하나하나의 의미까지 되씹어봐야 하기 때문이다.

조용한 가운데 종잇장 넘기는 소리만 들리고 있을 때 조인경 과장이 들어와 현수에게 손짓했다.

아직 전무이사가 된 걸 몰라서 그럴 것이다.

"왜요?"

"밖에 찾아온 손님들이 계세요."

"그래요? 알았습니다."

사장실을 나서니 주효진 변호사와 김승섭 변호사가 반색을 하며 다가선다.

"대표님…!"

"잠시만요!"

둘의 다가섬을 제지한 현수는 현우석과 이 경사에게 시선을 준 후 휴대폰을 꺼내 녹음된 것을 들려주었다.

"주 변호사님은 현 서기관, 김 변호사님은 이 경사를 상대로 고소를 진행해주십시오."

"알겠습니다."

김 변호사는 싸늘한 시선으로 현 서기관을 보았다.

"서, 선배!"

"야! 이 미친놈아."

현우석은 김승섭의 고등학교 2년 후배이다.

한때 같은 고시원에서 사법고시와 행정고시를 준비했기에 서로를 알고 있다.

그렇기에 딱 한마디만 듣고도 상황을 깨달은 모양이다.

"네?"

"빨리 빌어! 이 멍청아."

김 변호사는 서울시를 상대로 신수동 사업을 성사시키기 위한 협상을 하고 있다. 그렇기에 Y—인베스트먼트가 얼마나 대단한지 누구보다도 확실히 알고 있다.

국내에 세워진 Y—그룹 계열사 자본금만 156억 달러이다.

18조 3,417억 원 중 부지매입 비용 등을 제외한 나머지는 몽땅 국내 은행에 예치되어 있다.

그런데 겨우 서기관 나부랭이가 반말에 협박을 서슴지 않았다. 당장에라도 Y—인베스트먼트에서 투자를 철회하면 재정 경제부 등에서 난리를 칠 일이다.

"서, 선배…!"

"야! 너 같은 걸 후배라고……. 쪽팔리니까 앞으론 선배라고 부르지도 마. 알았어?"

4급 공무원이 사정없이 혼나는 걸 본 이 경사는 얼른 현수에게 다가와 고개를 숙인다.

"죄, 죄송합니다. 정말 죄송합니다."

"······!"

현수는 아무런 대꾸도 하지 않았다. 쉽게 용서해 주고 싶은 마음이 없어서이다.

이때 김 변호사가 다시 소리친다.

"이분은 남아프리카공화국 국민이 맞아. 우리 국적은 없고. 그리고 대단한 사업가이자 의사선생님이셔."

"······!"

'뛰용'이라는 말이 한때 유행했다. 개그맨 중 하나가 눈을 크게 뜨면 눈알이 튀어나온 것처럼 보일 때 했던 말이다.

현우석 서기관의 눈이 그러하다.

대단한 사업가는 돈만 있으면 되지만 의사는 아무나 될 수 없음을 누구보다도 잘 알기 때문이다.

이때, 계약서 검토 중 잠깐 휴식을 위해 장관 일행이 밖으로 나왔다. 니야지 사파로프 차관이 가장 먼저 입을 열었다.

"미스터 킴이 계약서 번역을 맡았다면서요?"

"네! 혹시라도 잘못된 표현이 있었나요?"

"아뇨! 너무 완벽해서 오히려 놀랐어요."

"우리말은 언제 그렇게 배웠소?"

샤빈 무스타파예프 건설부 장관 또한 놀랍다는 표정이다.

방금 검토를 마친 계약서엔 오탈자 하나 없었고, 자국인들도 틀리기 쉬운 문법적 표현도 완벽했기 때문이다.

"학교 다닐 때 틈틈이 공부한 겁니다."

"정말 대단하십니다."

이번 말은 주한 아제르바이잔 대사 라미즈 테이무로프가 한 말이다.

한국에 부임해 있는 동안 그 어떤 한국인도 현수만큼 유창하고 정확하게 아제르바이잔어를 구사하는 사람을 본 적이 없었기에 한 말이다.

"에고, 칭찬이 과하십니다."

"그나저나 이 친구들은 누굽니까?"

경찰관까지 추가되어 있기에 한 말이다.

"이쪽은 외교부 공무원들이고, 이쪽은 경찰관입니다. 제가 한국인이라고 생각했던 모양이네요."

너무도 유창한 아제르바이잔어이다.

현우석 서기관은 멍한 시선으로 현수를 바라본다.

남아공 사람이니 영어와 네덜란드어의 변형인 아프리칸즈어는 기본일 것이다. 여기에 남쪽지방 사람이라면 은데벨레어를, 북쪽 지방이었다면 소토어 또한 유창할 것이다.

그런데 한국어와 아제르바이잔어도 모국어처럼 구사한다.

'뭐야? 문과 이과 통합형 천재인 거야?'

현 서기관은 멍한 표정으로 현수를 바라보았고, 김승섭 변호사는 얼른 사과하라며 윽박지르고 있었다.

후배를 아끼는 마음에서 일부러 이러는 걸 현수가 어찌 모르겠는가! 하지만 당한 게 있으니 괜찮다는 말은 하지 않았다.

이날 오후, 대한민국 외교부 장관이 왔다. 서기관의 잘못을 대신 사과하러 온 것이다.

경찰청장도 방문했다. 경사의 무례를 용서받기 위함이다.

둘 다 김승섭 변호사와 주효진 변호사가 보낸 녹음파일을 듣고 부랴부랴 달려온 것이다.

신문에 보도되지는 않았지만 Y-인베스트먼트라는 초대형 투자자가 한국에 머물고 있다는 소문이 나돌고 있다.

시티뱅크에 입금되어 있는 엄청난 자금에 대한 소문이 번진 것이다.

어쨌거나 현 서기관과 이 경사의 진급 길은 막혔다.

현재의 장관과 청장이 자리에서 물러나면서 후임에게 오늘의 일을 전하지 않는다면 모를 일이다.

그런데 전하지 않을 확률이 거의 없다. Y-그룹이 곧 전면에 나설 것이기 때문이다.

*   *   *

2016년 5월 20일, 월요일 오전 11시 10분 경.

최민규 판사가 괴성과 함께 의자에서 굴러 떨어졌다. 그러곤 비명을 지르며 부들부들 떤다.

그가 발광하는 자리엔 노란 액체가 흥건했고, 그의 바지는 똥으로 범벅이 되었다. 지독한 고통을 견디다 못해 방광 속 오줌을 몽땅 방출했고, 생똥까지 싼 것이다.

최민규에게 투여된 것은 데스봇 레벨7이다.

친일파의 후손이 땅을 찾겠다고 나선 재판을 맡아 그놈들의 손을 들어준 죄에 대한 대가이다.

친일파도 나쁘지만 그의 손을 들어준 것이 더 나쁘기에 A급 악질로 분류된 결과이다.

하여 하루에 4번씩 온몸이 불타는 듯한 작렬감을 30분간 겪는 형벌을 겪게 되는데, 오늘이 첫날이다.

이 고통은 목숨이 끊어지는 그날까지 단 하루도 쉬지 않을 것이고, Y-메디슨에서 생산하게 될 DM을 제외한 어떠한 진통제나 마약으로도 다스려지지 않을 것이다.

비명소리를 듣고 황급히 방문을 열어본 최민규의 좌배석 판사는 코를 잡으며 뒤로 물러섰다.

고통에 겨워 발버둥치는 모습에 놀랐고, 지독한 똥 냄새라 코를 쥐지 않을 수 없었던 것이다.

어쨌든 좌배석 판사는 황급히 119에 연락을 취했다.

대형병원에 도착하자마자 상당히 많은 의료진들이 달려들어 원인을 찾기 위한 여러 검사가 실시되었다.

하지만 고통의 원인이 될 것은 전혀 없었다. 그러던 어느 순간 모든 고통이 씻은 듯이 사라졌다.

안도의 한숨을 내쉴 때 별별 검사를 다 해봤지만 이상을 찾을 수 없었다는 의료진의 설명이 있었다.

서둘러 퇴원한 최민규 판사는 집으로 가서 씻고, 옷을 갈아입었다. 오늘 또 하나의 판결을 내려야 하기 때문이다.

이번 판결은 상당히 많은 사람들로부터 돈을 갈취한 피라미드 업체 대표가 피고인이다.

20,000여명으로부터 뜯어낸 돈 중 1,600억 원 정도를 외국에서 도박으로 날렸다는데, 사실 여부는 밝혀지지 않았다.

최민규 판사의 책상 위에 놓인 판결문에는 다음과 같은 내용의 주문[18] 이 기록되어 있다.

증거 부족으로 피고 황영수에게 무죄를 선고한다

이번 판결이 있기 며칠 전, 최민규 판사는 황영수가 보낸 사람을 만났다.

장소는 강남의 텐프로 룸살롱이고, 무죄판결을 내려달라는 청탁과 함께 2억 원에 해당하는 무기명 채권을 건네받았다.

판결이 내려지면 1주일 이내에 추가로 8억 원에 해당하는 무기명채권을 준다고 하였다.

친일파 후손의 조상 땅 찾기 때 그놈들의 손을 들어준 것

---

18) 주문(主文) : 판결 주문. 판결의 결론 부분

에 이어 또 하나의 사심 가득한 판결을 내리려는 것이다.

간신히 몸을 추스른 최민규가 다시 법원으로 가려할 때 무지막지한 격통이 또 찾아왔다.

성대가 찢어지도록 비명을 질렀고, 데굴데굴 구르며 발버둥도 쳤지만 고통은 전혀 줄지 않았다.

아이들은 학교에 가서 없었고, 아내는 백화점 쇼핑을 가서 집이 비어 있었다. 하여 혼자서 30분간 쌩쑈를 하며 그야말로 지랄발광을 했다.

비명소리에 놀란 이웃집 주민과 경비원이 문을 두드렸지만 열어줄 수는 없었다.

너무도 아파서 아무것도 할 수 없었기 때문이다.

30분이 지난 후 간신히 정신을 차린 최 판사는 다시 샤워를 하고 침대에 누웠다.

극한 고통 끝의 휴식이라 까무룩 잠이 들었을 때 학교를 마치고 집으로 왔던 아이들은 이내 집을 나섰다.

학원 순례가 시작된 것이다. 가장 먼저 피아노 학원, 다음은 미술학원과 영어학원, 마지막은 보습학원이다.

아이들은 저녁식사를 대놓고 먹는 식당에서 해결할 것이다. 아내의 음식 솜씨가 완전한 꽝인 때문이다.

아내가 음식을 만들면 너무 맵거나, 짜고, 시고, 떫떠름 중 하나이다. 가끔은 이상한 냄새가 나기도 한다.

이런 건 냉장고 속에서 석 달쯤 자리를 차지하고 있던 양파나 당근같이 상한 식재료로 만든 것이다.

어쨌거나 아내에게선 아무런 연락도 없었다.

쇼핑 삼매경에 빠져 핸드백 속의 휴대폰이 연신 부르르 떨고 있지만 감지하지 못하는 결과이다.

최민규의 아내 정수지의 핸드백 속에는 50만 원짜리 백화점 상품권 200장이 들어 있다. 딱 1억 원 어치이다.

계산하기 편하게 20장씩 10묶음으로 분류해 뒀다.

3년쯤 전에 받았는데 남편이 당분간 쓰지 말라고 해서 장롱 속에 묵혀두었던 것이다.

최민규가 친일파 후손의 땅 찾기 재판을 맡았을 때 그놈들의 손을 들어주고 받은 것이다.

집에 가면 다른 백화점 상품권이 4억 원 어치나 더 있다.

유효기간이 명기되지 않은 것이라 몇 년을 더 두어도 가치는 변하지 않을 것이다.

아무튼 오늘은 그간 갖고 싶었던 것들을 사들이기 위해서 나섰다. 하여 아주 기분이 좋다.

정수지의 발걸음이 멈춘 곳은 명품백 매장이다.

한눈에 들어오는 매대에 휘황한 조명을 받으며 맵시를 뽐내는 핸드백 하나가 진열되어 있다. 때깔도 디자인도 마치 자체 발광하는 듯해서 마음에 쏙 드는 외양이다.

"아가씨! 이거 좀 봐도 되죠?"

말을 마친 정수지는 점원이 반응을 보이기도 전에 진열되어 있던 가방을 냉큼 집어 들었다.

그러곤 두어 번 흔들어 무게를 가늠하더니 손잡이를 벌리고 안을 살핀다.

점원은 다소 불안한 눈빛으로 보고 있었는데 정수지가 백속에 손을 넣어 휘젓는 걸 보고 어렵게 입을 연다.

Chapter 09
—
얼른 무릎 꿇고 사과해(2)

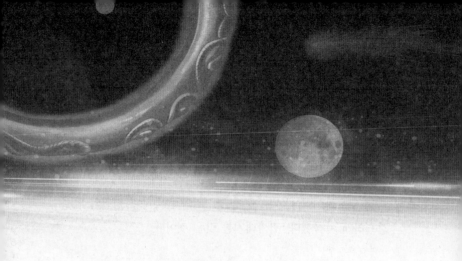

"저어! 손님."

"왜요…?"

정수지의 눈빛을 받은 점원이 들고 있던 장갑을 내민다.

"죄송한데 이 장갑을 끼고 제품을 살펴주세요."

"왜요?"

정수지가 도전적인 눈빛으로 바라본다. 뭔가 심사가 뒤틀렸다는 뜻이다.

"맨손으로 만지시면 그 아이의 몸에……."

정수지는 머리가 나쁜 여자가 아니다. 그렇기에 대뜸 반말로 쏘아붙인다.

남편이 판사인데, 마치 본인이 판사인 줄 아는 년이라 무척 오만하다.

"뭐! 내가 맨 손으로 만지면 이 백이 오염된다는 거야?"

"손님! 손에 땀이 차면 그럴 수도 있으니 이 장갑을……."

철썩—!

점원의 말이 끝나기도 전에 정수지의 손바닥이 점원의 뺨을 강렬하게 자극했다. 귀싸대기를 맞은 것이다.

"으윽—!"

"이게, 지금 어디서…! 너, 내가 누군지 알아? 앙—?"

정수지가 쌍심지를 돋우며 점원을 쩨려본다.

느닷없는 뺨 때리는 소리와 누군가의 화난 음성에 화들짝 놀란 매니저가 황급한 발걸음으로 다가선다.

가까이서 다른 가방을 구경하고 있던 손님들의 이목도 대번에 쏠린다.

"야—! 너, 내가 이깟 가방 하나 못 살 거 같으니까 만지지도 못하게 하는 거야? 그런 거야?"

정수지의 음성은 조금 더 높아지고 앙칼져졌다. 그 덕에 매대 밖을 지나치던 손님들의 시선까지 모두 쏠린다.

다가서고 있던 매니저는 재빨리 정수지의 입성을 살폈다.

불과 서너 걸음이지만 머리끝에서 발끝까지 무엇을 걸치고 있으며, 어느 레벨의 구두를 신었는지 확인했다.

상하의 합쳐서 30만원 안팎, 구두는 10만 원대 브랜드 제품이다. 그렇다면 중산층 혹은 그 이하이다.

그래도 혹시 몰라 정중히 고개 숙여주었다.

본인은 중산층 또는 그 이하일 수도 있지만 일가친척이나 친지가 대단할 수 있기 때문이다.

"손님! 불편하신 점 있으신가요?"

"누구시죠?"

알면서 쏘아붙이는 말이다.

"저는 이 매장 매니접니다. 뭐가 불편하신 건지요?"

"아, 그래요? 나는 이 아가씨가 되게 불편하네요."

"네? 그게 무슨……?"

매니저가 채 말을 끝내기도 전에 정수지의 대꾸가 있다.

"아! 내가 이 빽이 마음에 들어서 잠깐 보려고 하는데 기껏 와서는 장갑을 끼라고 하잖아요."

"네…?"

"나를 이깟 빽 하나 살 돈도 없는 거지 취급을 했다고요."

정수지는 말을 하며 핸드백을 마구 흔들어댄다.

"저어, 손님! 죄송하지만 상품은 내려놓고 말씀해 주시면 안 될까요?"

"……뭐야? 당신도 날 무시하는 거야? 그런 거야?"

"아니! 그건 아닙니다. 그리고 저길 보시면……."

매니저가 손으로 가리킨 곳에는 다음과 같은 안내문이 붙어 있었다.

직접 상품을 살펴보시길 원하시는 손님은
부디 장갑을 착용해 주시기 바랍니다.
저희 직원에게 말씀하시면 장갑을 드립니다.

지금 들고 있는 핸드백 바로 옆에 세워진 이 안내문은 A4 사이즈를 꽉 채우고 있다. 굵고, 큰 궁서체이다.

백화점에 온 손님 누구나 가방을 집어 들 경우 손잡이 부분이 손에서 배어나온 땀이나 화장품, 또는 사람의 기름기로 얼룩질 수 있기에 취한 조치이다.

방금 전에 핸드크림이나 썬크림을 발랐던 손으로 손잡이를 쥘 경우 얼룩이 생길 수 있기 때문이다.

만져본다고 모두가 구입하는 것이 아니기에 취한 조치이다. 그런데 정수지는 이를 보지 않았다.

핸드백이 있던 곳의 가격표만 살핀 것이다.

"흥! 얼마 안 하네."

들고 있던 핸드백을 거칠게 내려놓고는 본인의 가방을 열어 상품권을 꺼내 든다.

"자! 여기…!"

50만 원짜리 백화점 상품권 20장씩 두 묶음을 꺼낸 정수지가 매니저의 얼굴 앞에서 흔들어 보이며 소리친다.

"이깟 가방, 겨우 1,990만 원밖에 안 하는 거 갖고 되게 유

세를 떠네. 자—! 여기 2,000만 원이야. 빨리 받고 거스름돈이
나 가져와."

"소, 손님…!"

매니저의 눈빛이 급격하게 흔들린다. 얼핏 가방 속에 든 상
품권의 숫자를 헤아린 때문이다.

상품권을 1억 원 어치나 들고 쇼핑에 나서는 사람이 얼마
나 있겠는가!

걸치고 있는 의복은 중산층 이하가 분명하다.

근데 남편이 제법 높은 지위에 있는 공무원일 것이라 판단
했다. 하급 공무원에겐 억 대가 넘는 뇌물이 갈 수 없다 생각
한 것이다. 눈치 하나는 귀신이다.

어쨌거나 생기고 걸친 건 중류지만 씀씀이는 상류층인 손
님이 화를 내는 중이다.

얼른 수습하지 않으면 백화점으로부터 무슨 이야길 들을지
모른다. 하여 얼른 미소 지으며 말을 하려 할 때 정수지가 싸
늘한 표정으로 째려본다.

"이제 이 가방 내 거니까 내 맘대로 흔들어도 되지?"

이젠 대놓고 반말이다. 그리고 정수지는 조금 전보다 더 거
칠게 가방을 흔들었다.

"그, 그럼요! 그러셔도 됩니다. 네, 되구 말구요."

"아! 뭐 해? 어서 거스름돈 가져와. 아! 나머지는 팁으로 달
라고? 근데 어쩌나? 나는 저딴 년에게 팁을 줄 생각이 없는

데……. 빨랑 가서 거스름 돈 안 가져올 거야?"

정수지가 소리치자 매니저는 얼른 계산대로 가서 10만 원을 꺼냈다. 아울러 명품백 구입 고객에게 제공하는 장지갑과 사은품, 그리고 쇼핑백을 챙겼다.

"소, 손님! 거스름돈이구요, 이건 사은품입니다."

"흥! 이깟 걸 뭘……."

말은 이렇게 하면서도 챙길 건 다 챙긴다.

"매니저라고 했죠? 저딴 건 사람 봐가면서 하라고 해야 하는 거 아닌가요?"

장갑 끼고 만져보라는 안내문을 가리킨다. 매니저가 거스름돈 가지러 간 사이에 다시 보았던 것이다.

"아! 그, 그럼요! 손님 말씀이 지당하세요. 저희 실수가 분명하니 정식으로 사과드려요."

연신 고개를 조아리던 매니저가 뺨 맞은 아가씨에게 시선을 준다.

"얘―! 뭐 하니? 얼른 무릎 꿇고 사과부터 해."

"네…?"

잘못한 것도 없이 뺨을 맞은 것도 억울한데 무릎까지 꿇으라고 한다. 이건 무슨 개 같은 경우란 말인가!

게다가 구경꾼들이 잔뜩 몰린 상황이라 창피하기도 하다. 하여 잠시 머뭇거리는데 매니저가 다가와 목을 찍어 누른다.

"뭐 하니? 어서 고객님께 정중히 사과드려."

이때 정수지는 '그래, 어떻게 하나 한번 두고 보자'는 도도한 표정으로 째려보고 있다.

"사과하기 싫은가 보네요. 마음 변했어요. 이건 반품해요."

"소, 손님⋯!"

"마음 변했다구요. 빨리 반품해줘요."

정수지가 들고 있던 가방과 사은품 등을 거칠게 내려놓을 때 점원 아가씨의 무릎이 땅에 닿았다.

"죄, 죄송해요. 흐흑! 흐흐흑!"

점원 아가씨의 눈에서 눈물이 뚝뚝 떨어진다. 몹시 분하고 억울했지만 이러지 않으면 잘리기에 무릎을 꿇은 것이다.

"흥! 어쩔 수 없어서 하는 사과네요. 뭐, 무릎은 제대로 꿇었으니까 반품은 없었던 일로 하죠."

정수지는 내려놓았던 쇼핑백을 냉큼 집어 들고는 도도한 표정으로 구경꾼들을 헤치고 나갔다.

이 순간 기둥 뒤쪽에 작은 움직임이 있었다. 이 백화점 고위인사들에게 데스봇을 투여하러 온 신칠호이다.

신칠호는 도로시와 실시간 메시지를 주고받는다.

"A급 악질 최규민 판사의 배우자 정수지라고? 사진과 대조해 봐."

"네, 얼굴 일치합니다."

"그래? 그럼 데스봇 레벨6 투여해."

"네⋯? 정수지는 레벨4 인사로 분류되어 있습니다."

"지금 또 갑질하고 있다며!"

"네! 방금 전에 점원 아가씨가 무릎을 꿇었습니다."

"그치? 그래서 데스봇 레벨6으로 상향된 거야. 싸가지 없는 것들은 벌을 받아야 해. 뭐 해? 즉각 실시해!"

"네, 알겠습니다. 즉각 투여합니다."

도로시의 지령을 받은 신칠호는 자신의 곁을 스치듯 지나가는 정수지의 종아리를 향해 손가락을 내밀었다.

그러자 사람이 인식할 수 없을 미세한 공기의 움직임이 있었고, 데스봇 레벨6이 쏘아져 갔다.

정수지의 종아리 표피를 손쉽게 통과한 데스봇은 프로그래밍 된 대로 이동하기 시작했다.

내일부터는 정수지도 하루에 두 번씩 온몸이 불타는 듯한 작열감을 30분간 느끼게 될 것이다.

남편 최민규 판사와 마찬가지로 DM 이외에는 고통이 조금도 덜어지지 않을 것이다.

도로시는 별도의 블랙리스트를 작성하고 있다.

돈을 아무리 많이 내놓아도 DM을 공급받을 수 없는 개만도 못한 년놈들의 명단이다.

최민규는 본래 이 명단에 있었고, 정수지는 빠져 있었지만 방금 추가되었다. 이제 둘 다 죽을 때까지 필설로 형언하기 어려운 지독한 고통을 느끼면서 살게 될 것이다.

100% 자업자득이다.

정수지가 사라진 후 신일호는 매장 매니저에게 다가가 데스봇 레벨1을 투여했다.

점원이 잘못한 게 없음에도 불구하고 강제로 머리 숙이게 하고 무릎까지 꿇린 죄이다.

'100일간 유지되도록 프로그래밍해서 투여해!'

'네! 지시대로 합니다.'

이 매장의 매니저는 다음 날 결근한다. 몸살이 너무 심해서 출근할 수 없었던 것이다.

그렇게 100일을 꼬박 결근하게 될 것이다.

직장은 당연히 잘린다.

매니저 본인 역시 약자이면서 자신보다 더 약한 이를 보호하기는커녕 모욕감을 느끼도록 강요했다. 자신의 이익을 위해서라면 언제든지 같은 상황을 만들 것이다.

하여 다시는 이런 직업을 가질 수 없도록 한 것이다.

같은 시각, 국회의사당에서 비명을 지르며 발광하는 국회의원이 있다.

도로시의 분류에 의하면 대한민국의 전직, 현직 국회의원도 A, B, C, D, E, F급으로 분류되어 있다.

A급은 대부분 여당 소속이거나, 이었으며, 수구꼴통으로 분류되는 잡놈들이다. 잡년도 몇몇 끼어 있다.

국가와 국민은 아랑곳하지 않고 오로지 본인, 또는 자신이 속한 정당의 이익만을 추구하기에 개만도 못하다.

B급은 뇌물과 이권개입 등에 깊숙이 관여되어 있다.

자신의 이익을 위해서라면 언제든지 동료의 등에도 칼을 꽂을 수 있는 인면수심(人面獸心)인 것들이다.

C급도 정도는 약하지만 분명한 처벌대상이다. 국민을 제가 부리는 종 정도로 여기는 천박한 놈들이다.

여기까지는 국회의원이 아니라 국해의원(國害議員)들이다.

D급은 처벌할 만큼 때 묻지 않았거나, 아직은 손가락질 받을 만한 일을 저지르지 않아 유예기간을 두고 보기는 하겠지만 보나마나 C급 이상으로 발전되어 갈 놈들이다.

E급은 평범한 의원들이고, F급은 국가와 민족에 도움이 되는 진정한 의미의 국회의원(國會議員)들이다.

분류표에는 다음과 같이 구분되어 있다.

A급 51%, B급 18%, C급 15%이고, D급은 9%, E급 5%, F급 2%이다.

A급은 데스봇 레벨 7, B급은 레벨 6, C급 레벨 5가 투여된다. 각각 하루에 작렬감 4번, 2번, 1번을 느끼게 된다.

D급은 예의주시인 상태를 유지하지만, E급은 당분간 방치한다. 마지막으로 F급에겐 클린봇 및 캔서봇이 투여된다.

국가와 민족을 위해 일을 하였거나, 하고 있으니 무병장수를 선물하려는 것이다.

F급 국회의원의 직계가족 역시 같은 혜택을 받도록 하였다.

일종의 연좌제이다.

이밖에 등급 외(外)가 있다.

국회의원 신분으로 자위대 창설기념 행사에 참석한 년놈들은 S등급으로 분류하여 데스봇 레벨8을 투여한다.

하루에 6번, 각각 30분씩 죽을 것 같은 고통을 겪게 된다. 목숨은 붙어 있지만 날마다 지옥을 경험하게 될 것이다.

대한민국 국민이면서 이 행사에 참석했던 국회의원과 군인, 언론인, 법조인, 경제인들은 모두 S등급으로 분류되어 있으며, 이들에겐 추가 형벌이 준비되어 있다.

모든 직계가족의 금융자산 증발이다.

어쨌거나 지금 국회의사당 바닥을 나뒹굴며 비명을 지르고 있는 개잡놈은 S등급이다.

의사진행발언을 듣고자 했던 나머지 의원들은 두려운 시선으로 바라보고 있다. 소식통에 의하면 300명의 현역의원 중 100명 이상이 저런 모습을 보였다고 한다.

전염된다는 소문이 돌아 출석하지 않은 의원이 상당히 많으니 얼마나 더 있는지 모른다.

"경위! 얼른 119 구급대 불러요."

국회의장의 시선을 받은 국회경위[19]가 주머니의 휴대폰을

---

19) 국회경위 : 공안직 공무원, 국회 회의장 내 경호 및 질서유지가 주임무, 테러위협의 증가로 인해 국회종합상황실 운영, 의장단 의전 및 경호, 본 회의장 안전관리, 방청인 검문검색, 비상대기조 운용 등 다양한 경호임무를 수행한다

꺼내 든다.

이때 국회의장의 음성이 스피커에서 흘러나왔다.

"괴질의 전염성이 높다고 하니 당분간 휴회를 선포합니다."

땅, 땅, 땅—!

의사봉이 두드려지자 기다렸다는 듯 의원들이 의사당을 빠져나가기 시작한다.

이때 선두에 있던 놈이 비틀거리는가 싶더니 털썩 엎어지며 비명을 지르기 시작한다.

"아아악! 아아아아악! 으아아아아악!"

방송국 앵커 출신 여당 의원이다.

국감 중 성희롱 발언을 하는 등 이전의 이미지와 달리 무식한 꼴통 짓을 많이 하는 놈이다.

"아아아악! 아아아아아악! 허억! 으아아아아아악!"

의원들은 뒤로 안 돌아보며 달리기 시작한다.

동료의원이 아프든 말든 상관없이 빨리 나가야 한다는 일념뿐인 듯하다. 그러는 와중에 또 한 년이 엎어지더니 목청이 찢어질 듯한 비명을 지른다.

같은 S급으로, 권력을 이용하여 자식을 부정입학시키는 등의 이기적인 범죄를 많이 저지른 개 같은 년이다.

"아아악! 아아아아악! 으아아아아악!"

발버둥 치느라 치마 속 팬티까지 훤히 보이지만 아무도 거들떠보지 않는다. 달리는 속도가 빨라졌을 뿐이다.

*　　　　*　　　　*

비슷한 시각, 최고급 일식집 바닥에서 발버둥치는 놈이 있다. 입에는 거품을 물고 있으며 연신 비명을 지른다.

수구 꼴통 중에 최고의 꼴통으로 분류되는 개만도 못한 놈이다. 수시로 개만도 못한 소리를 쏟아내어 국민들의 심기를 어지럽힌 바 있다.

안쪽 룸에 지랄발광하는 놈이 하나 더 있다.

몇 년 전 있었던 여배우 자살사건과 연루되었지만 법망을 유유히 빠져나간 C신문사 사주의 아들이다.

이들이 속한 신문사의 사회국 사무실에도 목청이 찢어질 듯한 비명을 지르며 부들부들 떠는 년이 있다.

무책임한 기사를 남발하던 기레기 년이다.

입고 있던 브라우스는 다 뜯겨 있고, 치마는 말려 올라가 팬티가 다 드러나 있다. 고통에 겨워 지린 오줌 때문에 누렇게 물들어 있음이 확연히 드러난다.

그러나 누구 하나 구완하려는 움직임을 보이지 않는다.

지독한 꼴페미이기에 건드리는 것조차 저어하는 것이다. 늘 지가 잘났다는 오만의 극치를 보였기 때문이기도 하다.

같은 시각, 정치국에도 지랄발광하는 놈들이 셋이나 있다.

곁에는 떨어져 나뒹굴고 있는 노트북엔 오늘 놈들이 작성한 기사 초안이 떠 있다.

그 내용을 보니 특정 사건을 침소봉대한 후 견강부회와 아전인수로 점철시켜 여당 쪽 편만 드는 쓰레기이다.

이런 년놈들 때문에 애꿎은 119구급대만 엄청 바쁘다. A신문사서 91명, C신문사에서 103명이나 실어갔다.

사내에 남이 있던 년놈들 거의 전부인지라 내부엔 몇 명 남아 있지 않다.

어쨌거나 아침부터 여기저기서 자빠져 비명을 지른다는 신고가 계속되었다. 처음엔 뭘 잘못 먹어서가 아닌가 했다.

일종의 식중독으로 생각한 것이다.

그런데 동료들과의 술자리나 회식 자리에 참석하지 않았던 기자들까지 비명을 지르며 부들부들 떨다가 실려 갔다는 소식을 듣고는 뭔가 이상하다 판단했다.

하여 경찰에 연락했다. 어떤 경위로 이런 일이 빚어지는지를 조사하라고 지시한 것이다.

얼마 지나지 않아 검사(檢事)가 당도했다. 주로 여당 성향 언론사에서 벌어지는 일인지라 검찰까지 출동한 것이다.

한창 조사가 이루어지던 중 파견 나온 검사마저 바닥에 쓰러지더니 비명을 지르며 데굴데굴 구른다.

경찰관 하나도 같은 증상을 보였는데 둘은 각기 다른 인물을 조사하던 중이다.

이후로도 계속해서 이상 현상을 보이는 사람들이 나타났

다. 사주와 임직원, 그리고 편집자와 기자 등 273명이 지랄발
광했다고 하자 모두들 일손을 놓고 밖으로 튀어나갔다.

건물에 문제가 있는 거라 생각한 것이다.

눈에 보이지 않는 전자파나 건물에서 방출되고 있는 라돈
같은 물질 때문인 것으로 판단한 것이다.

같은 순간, B방송사와 C신문사, D신문사와 E인터넷 매체,
F신문사와 G방송사 및 여타 언론사 사주와 임직원, 그리고
기레기 중 상당수가 병원에서 검사 결과를 기다리고 있다.

그중 사회운동가 출신 정치인 K와 불륜관계라는 루머 때문
에 난처한 입장에 빠진 탑 급 여배우 P의 약점을 잡아 본인의
욕심을 채우려던 이찬성 기자도 있다.

며칠 전부터 계속 컨디션이 이상해서 평소에 안면이 있던
병원을 찾은 것이다.

위에 언급된 방송국과 신문사들은 모두 국민들로부터 지탄
을 받았거나, 받고 있는 공통점이 있는 언론사들이다.

의식이 있는 국민들로부터 하루라도 빨리 폐간, 또는 폐사
하는 것이 국가와 민족을 위해 좋을 것이라는 평가를 받은
곳이기도 하다.

"이찬성 기자님!"

"네! 여깁니다."

구석에 앉아 노트북으로 여배우 P에 관한 기사들을 검색하
던 C일보 이 기자가 손을 번쩍 든다.

본인의 존재를 알린 것이다. 그런데 검사 결과를 들고 온 의사의 표정은 그리 밝지 못하다.

"저를 따라 오시겠습니까?"

"네? 아, 네에, 그러죠."

의사의 뒤를 따라 진료실로 들어간 이 기자는 얼른 검사 결과를 알려달라는 표정을 지었다.

"이 기자님! 이런 말씀 드려서 뭣한데 복부전산화단층촬영(CT)으로 확인한 결과, 이 기자님은 현재 췌장암 4기로 판정되었습니다."

"네…? 뭐라고요?"

이 기자는 멍한 표정이다. 믿을 수 없다는 뜻이다.

"의무기록을 보니 올해 초 건강검진 때 없었던 암세포가 발견되었습니다. 상당히 진행이 빠른 악성종양 같습니다."

"네……?"

이 기자는 여전히 멍한 표정으로 의사를 바라본다. 넋이 반쯤 빠져나간 상태라 그러하다.

그러다 문득 평상시의 얼굴로 돌아간다.

"에이, 농담하지 마세요. 저 아주 건강해요."

"아니에요. 이찬성 님은 현재 췌장암 4기 맞습니다."

"네…? 정말요?"

이찬성은 멍한 표정이다.

췌장암 4기라는 게 전혀 실감나지 않아서이다.

참고로, 췌장암은 가장 생존율이 낮은 암이다.

다음은 보건복지부와 중앙암등록본부가 2010년에 발표한 통계자료 중 일부이다.

구분	5년 생존율
갑상선암	99.8%
유방암	91%
대장암	72.6%
폐암	70%
위암	67%
췌장암	8%

참고로, 5년 생존율이란 환자가 최초 암 진단받은 이후 5년 이상 생존하는 비율이다.

"수, 수술하면 되죠?"

문득 정신을 차렸는데 몹시 당황스러운 듯하다.

"유감스럽게도 이 기자님은 복막과 간, 모두에 전이되어 있어서 수술이 불가능합니다."

"네? 그, 그럼 항암치료는요? 그거 하면 괜찮아지죠?"

이찬성은 긍정적인 대답을 요구하는 표정이다.

하지만 의사는 냉정했다. 이찬성이 누군지 알고 있으며, 그가 쓴 기사들을 좋지 않게 보는 사람 중 하나이다.

"안타깝게도 췌장암은 항암제의 반응률이 매우 낮습니다.

그래서 항암 화학요법의 효과를 기대하기 어렵습니다."

한 가닥 희망마저 끊어버리는 소리이다.

"······!"

이찬성은 '국민의 알 권리'라는 아무도 주지 않은 권리를 지가 내킬 때마다 마음대로 휘둘렀다.

취재당하는 사람의 인격이 모독되고, 편파적인 기사로 인해 누군가의 삶이 엉망이 되든 말든 전혀 신경 쓰지 않았다.

그러면서 어떻게든 자신의 영달과 자신이 속한 집단의 이익을 도모하려던 개만도 못한 기레기이다.

아무튼 이찬성의 얼굴은 순식간에 꺼멓게 변했다. 절망감이 엄습한 것이다. 그러거나 말거나 의사의 말이 이어진다.

"이제 곧 통증이 시작될 겁니다. 명치끝에서 시작하여 복부 전체로 옮겨가는 양상이 될 겁니다."

"······! 이, 입원을 해, 해야 하나요?"

이찬성의 말은 몹시 떨리고 있었다.

"네! 고통이 매우 심할 겁니다. 그래서 일반 진통제가 아닌 마약성 진통제가 필요하니 입원을 권합니다."

이는 결코 이찬성을 걱정해서 하는 말이 아니다. 의사로서 최소한의 의무를 이행한 것뿐이다.

'아닌 밤중에 홍두깨'라는 말이 있다.

전혀 생각지도 않은 일이라는 뜻이다. 이찬성은 멍한 표정으로 의사를 바라본다. 이때 의사의 설명이 이어진다.

"저희 병원에서 면역치료를 받으시면 통증은 물론이고 항암과 방사선 치료의 부작용이 많이 완화될 겁니다."

병을 고쳐준다는 뜻이 아니라 죽는 순간까지의 삶의 질을 조금이나마 올려주겠다는 뜻이다.

같은 순간, 이찬성 기자의 선배인 김진철 기자도 넋이 나간 표정이다.

여당 의원의 청탁을 받아 여배우 P와 야당 정치인 K가 불륜관계라는 날조기사를 만들어낸 놈이다.

이전에도 이런 식의 날조기사로 많은 사람들은 곤란하게 만든 전력이 있는 기레기 중 하나이다.

"네? 제, 제가 췌장암 3기라니요. 저, 지난달에도 마라톤 풀코스를 뛰었다구요."

한 달쯤 전에 있었던 일을 이야기하는 것이다.

호흡과 체력에 전혀 문제가 없어 예년의 기록을 약간 단축시켰고, 풀코스를 완주했다.

아마추어 치고는 매우 좋은 기록이었다. 췌장암 3기 환자가 어찌 그럴 수 있겠는가!

그런데 의사는 전혀 동의하지 않는 모양이다.

"…저, 정말 제가 췌장암 3기인가요?"

김진철의 음성은 떨리고 있었고, 이제야 사태 파악이 된 듯 우려 섞인 표정이 되었다.

"여길 보시면……."

의사는 아주 친절하게 어떤 게 암 조직이며, 왜 3기로 판정되었는지를 상세히 설명해 주었다.

설명을 모두 들은 김 기자가 입을 연다.

"선생님! 전이(轉移, Metastasis)는요?"

어디서 주워들은 건 있는가 보다.

"유감스럽게도 복막으로 전이되어 있습니다. 요 부분이요."

"수, 수술 받으면 괜찮아지는 거죠?"

"죄송합니다. 워낙 까다로운 부위로 전이가 되어……."

의사는 말을 잇지 않았다. 수술할 수 없다는 뜻이다.

"……! 그, 그럼 하, 항암치료는요?"

김진철은 몹시 당황한 표정이다.

"저희는 최선을 다할 겁니다. 저희를 믿고……."

의사의 뒷이야기는 김 기자의 뇌로 하나도 전달되지 않았다. 급작스러운 충격으로 넋이 나가 버렸기 때문이다.

이때 손가락이 모두 절단된 듯한 엄청난 고통이 엄습했다.

"아아악! 으아아아악! 아악! 내 손! 내 손이……. 아아악!"

데스봇 레벨3가 최초의 고통을 선사하는 순간이다.

갑작스레 김진철이 오른쪽 손을 움켜쥔 채 비명을 지르며 데굴데굴 구르자 의사는 몹시 당황한 표정이다.

췌장암과 손가락 통증은 아무런 관련이 없기 때문이다.

"아아악! 사, 살려주세요. 내 손! 내 손가락이 잘라진 것 같아요. 아아악! 아아아아아아악!"

"아앗! 김 기자님! 김 기자님! 왜 이래요?"

"손, 손가락이 잘라졌나 봐요."

김진철 기자의 손가락을 살핀 의사는 고개를 갸우뚱한다.

"어디 봐요. 으응? 아무 이상 없는데요?"

"아악! 아아악! 근데 왜 잘라진 것처럼…? 아악!"

비명을 지르며 나뒹구는데 아무래도 할리우드 액션은 아닌 것 같다. 하여 큰 소리로 간호사들을 불러들였다.

"이 간호사! 김 간호사—!"

한바탕 난리가 벌어졌지만 기레기 김진철의 고통은 조금도 덜어지지 않았다.

그리고 이 고통은 정확히 30분간 유지되었다.

김진철의 상의는 홍건하게 솟은 식은땀으로 축축하게 젖었고, 하의도 젖었는데 오줌을 지려 지린내를 풍겼다.

김진철의 입원은 신속하게 결정되었고, 상당히 많은 의료진들이 달라붙어 원인규명을 하려 애를 썼다.

Chapter 10

—

앵커의 표정은 비장했다

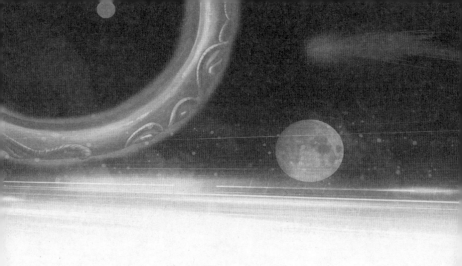

  결론부터 말하자면 아무것도 찾아낸 것이 없다. 그리고 췌장암 치료는 조금도 나아지지 않았다.

  화학요법과 방사선 치료 모두 암세포를 조금도 줄이지 못했던 것이다. 두 가지 방법으로 조금 좋아지면 변형 캔서봇이 원상으로 되돌리기 때문이다.

  다행인 것은 3기에서 4기로 발전되지 않았다는 것뿐이다. 그러는 동안 김진철은 상당히 많은 돈을 의료비로 지출했다.

  췌장암 때문이 아니다. 손가락이 잘린 듯한 통증을 경감시키기 위해 마약성 진통제 등을 남용하였던 것이다.

  어쨌거나 김진철은 매일 매일 비명을 지르며 뒹군다.

김진철의 입원이 결정되었을 때 이찬성 기자는 왼쪽 발가락이 잘린 듯한 고통 때문에 울부짖었다.

바닥을 데굴데굴 구르며 비명을 질렀지만 어느 누구도 도움이 되지 않았다. 그간 지은 죄에 대한 벌이다.

입원이 길어지면 길어질수록 이찬성 계좌의 잔액은 급격히 줄어들었다. 살고 있던 집의 보증금을 뺐지만 완전히 밑 빠진 독에 물 붓는 상황이다.

기레기 이찬성과 기레기 김진철만 이런 걸 겪은 것은 아니다. 문득 몸이 이상하다 생각하여 병원을 방문한 상당히 많은 언론 관계자들 또한 절망적인 선고를 듣고 있다.

폐암, 췌장암, 식도암, 간암, 위암, 소장암, 대장암, 신장암, 난소암, 유방암, 전립선암, 후두암, 식도암, 자궁암, 방광암, 담낭암, 골수암, 뇌암, 림프종 등 종류도 다양했다.

2기로 발견된 자들은 놀란 얼굴로 수술 스케줄을 잡았다.

암세포 부위를 절제해내도 다른 곳에 또 생길 것이다.

폐, 위, 간, 신장, 방광, 요로, 소장, 대장, 유방, 자궁 등으로 차례차례 2기까지 진행된 뒤 멈출 것이다.

그런데 이걸 어떤 의사가 알겠는가!

암이 발견될 때마다 수술을 하자고 할 것이다. 그래야 더 이상 번지거나 악화되지 않는다고 배웠기 때문이다.

3기로 발견된 자들 중 일부는 하필이면 수술하기 정말 어

려운 자리에 발생했다든지 이웃한 장기로 전이되었다는 소리
를 들었다. 그리고 수술은 어렵고, 고통스러운 화학요법을 기
대해 보자는 소리를 듣고 있다.

4기에 발견된 자들은 김진철이나 이찬성이 들은 이야기를
그대로 들었다. 수술은 못하고 그냥 마약성 진통제를 투여받
으며 항암치료에 기대해보자는 말이다.

물론 전혀 효과가 없을 것이다.

게다가 3기나 4기로 발견된 자들은 김진철이나 이찬성처럼
손가락이나 발가락이 잘려 나간 듯한 고통을 매일 매일 느끼
게 될 것이다.

설날, 추석, 크리스마스, 본인 생일, 아버지 제삿날에도 어김
없다. 그리고 어떠한 진통제로도 다스려지지 않는다.

암은 더 이상 발전하지 않을 테니 평생의 근심거리가 될 뿐
이다. 그런데 기레기들은 수많은 악행을 저지른 것이나 다름
없는데 어찌 그걸로 그치겠는가!

하루에 한 번, 딱 30분씩 엄청난 고통을, 평생토록 즐기게
될 것이다. 죽을 때까지!

형사사건 담당검사 이창만과 영장 전담판사 중 일부도 엄청
난 고통에 비명을 지르게 된다.

정치인, 경찰, 검찰, 공무원, 군인 등에서도 비명을 지르며
고통을 호소하는 인원이 쏟아져 나오기 시작한다.

어떤 놈은 손가락이나 발가락이 잘려 나간 듯한 통증이 느껴진다 했고, 어떤 년은 온몸이 불에 타는 듯하다고 했다.

당연히 대서특필되었고, 헤드라인 뉴스로 보도되었다.

전문가라 하는 정체 모를 이들이 방송에 나와 주저리주저리 나름대로의 원인 분석에 나섰지만 이를 비웃기라도 하듯 다른 곳에서도 같은 일이 벌어진다.

고통 순위 1위와 2위를 느끼는 사람들이 갑작스레 많아지자 모든 의료기관에 비상이 걸렸다.

온갖 검사가 이루어지는 동안 별의별 마취약과 진통제가 처방되었다. 그럼에도 원인은 찾을 수 없었고, 고통은 조금도 줄지 않았다.

병상이 부족해지자 동네의원까지 만원사례를 이루는 상황이 되었다. 의사들은 수없이 돌팔이라는 소리를 들었다.

고통을 덜어주지 못하니 그런 것이다.

첫날은 7,655명이었고, 이튿날엔 추가로 1만 6,232명이 비명을 지르며 고통스러워했다.

A신문사는 기자 88%, 편집인 및 임원 93%, 그리고 사주를 비롯한 일가붙이 전체가 각종 암 3~4기인 것으로 진단된다. 아울러 끔찍한 고통까지 겪는다.

B신문사는 기자 88%, 대표이사를 비롯한 간부 94%가 죽을 것 같은 고통을 호소하고 있다.

C신문사는 기자 96%, 편집인 등 임원 97%, 사주일가

100%가 난리법석을 떨었다.

이외의 11개 신문사는 서무를 담당하는 직원을 제외한 나머지의 84% 이상이 자빠져서 꿈틀거리고, 3개 방송사와 8개 종편은 78% 정도가 비명을 지르며 입에 거품을 물고 있다.

이들 대부분 암 환자로 확진된다.

신문사보다 방송사의 비율이 적은 건 예능 쪽을 담당하는 인원이 꽤 있어서 그러하다.

아무튼 신문과 방송사들은 정상 운영이 어렵다. 뉴스는 거의 결방되고 있다. 그만큼 기레기들이 많았던 것이다.

그나마 보도를 하더라도 정규시간의 반의 반도 채우지 못하고 있다. 앵커 중 일부도 병원에 있기 때문이다.

동료들이 사주의 편파적인 회사 운영을 항의하는 시위를 할 때 방송사에 남아 승승장구하던 아나운서가 있다.

그는 위암 4기와 폐암 4기 판정을 받았다.

방송사를 그만두고 나가 프리랜서로 활동하던 인물도 있는데 그는 식도암 4기, 대장암 4기인 상태이다.

둘 다 하루에 2번씩 손발이 잘려 나간 듯한 통증 때문에 비명을 지르고 있다.

구성원에 문제가 생긴 방송사의 뉴스는 수시로 결방되었고, 대신 예전에 방송되었던 드라마를 재탕하거나 오래된 영화를 방영하고 있다.

종편들도 마찬가지이다.

대단히 편파적인 뉴스와 눈살을 찌푸리게 하는 시사대담 프로그램 등은 기자와 출연자 거의 전원과 PD 등이 병원 신세를 지고 있어서 파행에 파행을 거듭하고 있다.

덕분에 시청률이 대폭 하락했다.

참고로, 요즘엔 시청률 조사 회사들이 애국가 시청률을 집계하진 않는다. 별 의미가 없는 때문이다.

하지만 2003년 9월 'TNS 코리아' 가 조사한 자료는 있다. 그때의 애국가 시청률은 방송사별로 0.2∼0.4%였다.

어쨌거나 문제가 있는 방송사의 시청률은 모든 프로가 애국가 이하로 떨어졌다. 이에 따라 광고도 크게 줄어들었다.

방송사의 밥줄이 말라붙어 간 것이다.

하지만 사주 및 간부 대부분, 그리고 취재기자 거의 전원이 비명을 지르며 고통을 호소하는 상황이라 방법이 없다.

신문사도 마찬가지이다.

보도할 내용이 없어서 지면이 크게 줄어들었다. 당연히 광고도 따라서 줄었다. 지국은 항의전화로 몸살을 앓는다. 볼 것도 없는 걸 왜 배부하고 돈을 받느냐는 항의이다.

하지만 어쩌겠는가!

기레기들이 몽땅 병원에서 몸부림치는 상황이다. 취재할 인원이 없으니 지면을 채울 방법이 없다.

동시 다발적으로 대한민국의 신문사와 방송국 등에서 이러한 일이 빚어지자 인터넷 게시판은 폭발할 지경이 되었다.

— 기레기들 쌤통~! 이참에 몽땅 다 뒈져라. 크하하하!

— 와아! 만세! 만세! 기레기들은 몽땅 지옥으로~~!

— 아! 아픈 거 공통점이 인간 쓰레기였군요. 몰랐네요.^^

— ㅋㅋㅋ, 세상에 이런 경사가…! 만쉐이~!!

— 기레기들 나대더니 꼴좋다. 기레기 대청소 시작!

— 우와아! 누가 개발한 거야? 이 기술!

— 기술 무슨 기술?

— 기레기와 인간쓰레기들만 아픈 거잖아.

— 어라! 그러네, 그럼 이거 국가적 경사잖아!

— 누군지 몰라도 이건 '노벨 쓰레기 처리상'을 줘야 함.

— 맞네! 이참에 기레기들은 모조리 죽었음 좋겠어.

— 10,000% 동의함,

— 본인도 격하게 동의함.

누군가 신문사와 방송사 별로 암에 걸려 입원했거나 고통을 호소하는 년놈들의 소속, 직위, 성명, 나이, 그리고 그간 어떤 짓을 했는지를 기록한 게시물을 올렸다.

여기에 달린 댓글은 평균 10,880개였다.

법과 예절을 개똥으로 여기던 기레기들이 발광하는 동영상은 인터넷 게시판에 널리고 또 널린 상황이다.

당연히 환호하는 댓글 일색이다.

— 근데 뭔가 이상함.

— 뭐가?

— 우리 옆집 사는 놈도 실려 갔음.

— 그래? 뭐 하는 놈인데?

— A 신문사에서 정년퇴직한 노땅임.

— 이름과 나이는?

— 이름은 박명이. 나이는 틀닭 정도 됨.

— 틀닭이 뭐임?

— 틀니 닦는 늙은이라는 뜻임

— 박명이? 그럼, 그놈도 기레기였나 보네.

— 아! 그런가? 그럼 하나도 안 이상함.

— 우리 아파트 위층 할아범도 실려 갔음

— 누군데?

— 12대 민주정의당 국회의원이라고 들었음.

— 전 대갈 때? 그럼, 죽을 짓을 했나 보지.

— 보지라니? 민정당 소속이었으면 그랬음이 확실함.

— 법으로 못하니까 인과응보가 이런 식으로 오는 건가?

— 누군지 몰라도 국회로 보내세~!!

— 국회가 뭐야? 구국의 영웅인데, 청와대로 보내세~!

— 적극 찬성임,

— 적폐세력들아, 모조리 쓸려 나가라!

여기에 경찰과 검찰, 공무원과 군인들에 대한 것도 경쟁적
으로 게시되기 시작했다.

— 썩어빠진 견찰 놈도 천벌을 받는구나! 만세. 만세!
— 친일파 후손 땅 찾기 때 그놈들 손들어 준 판사도 있어
— 그놈은 진짜 죽어 마땅한 새끼지. ㅋㅋㅋ
— 뇌물 받아서 호의호식하던 놈도 병에 걸리는 거 같아
— 아! 진짜? 이건 진짜 추천을 안 할 수가 없네.
— 우리 동네 군바리, 대령인데 암에 걸렸음.
— 군인들도 있는 걸 보면 방산비리도 천벌을 받나 봐.
— 누군지 몰라도 진짜 애국하시는 겁니다.
— 드디어 정의로운 세상이 오려나 봄
— 봄, 봄, 봄, 봄, 봄이 오네요. 우리 대한민국에~~!
— 하루라도 빨리 쓰레기들이 처리되길 바람.

각각의 게시판에선 의견을 주고받으면서 어떤 상황인지를
상세히 파악하기 시작했다.

지역별로 동네 병의원까지 싹 다 확인하여 비명을 지르는
놈들의 이름과 나이, 그리고 직업 등이 게시물로 올려졌다.

그럼 그놈이 어떤 짓을 했는지가 뒤따라 게시되었다. 그 내
용을 보면 하나같이 쳐 죽일 인간말종들이다.

수시로 업데이트되는 이 자료에 의하면, 사흘째 되는 날엔 23,221명이 추가로 병원 신세를 졌다.

아무런 효과도 없는 약을 처방받았으니 뼈까지 저려오는 고통을 고스란히 겪었을 것이다.

고위 공무원과 장성 및 영관급 장교 수백 명이 한꺼번에 빠지자 국방부는 업무를 볼 수 없는 상황이 되었다.

경찰, 검찰, 법원도 마찬가지이다.

판사, 검사, 그리고 경찰들 수천 명이 비명을 지르며 데굴데굴 구른다. 뿐만 아니라 변호사들도 상당히 많다.

이들의 공통점은 죄 지은 놈들을 빼내려고 온갖 수를 다 부렸다는 것이다. 또는 본인들만의 리그를 지키려고 애꿎은 사람들에게 피해를 입힌 것이다.

뇌물을 받아 처먹은 놈도 있고, 부당한 판결을 내렸거나, 범죄행위를 뻔히 알면서도 이를 교묘히 감추려던 놈들이다.

청와대도 예외는 아니다.

대통령만 제외하고 비서실장과 경호실장을 비롯한 장관, 차관, 비서관 거의 모두가 수시로 자빠져 비명을 지른다.

뿐만이 아니다. 수시로 청와대를 드나들던 연놈들 중 상당수가 몹시 고통스러워한다.

특히, 대통령의 최측근을 자처하면서 안하무인이던 어떤 계집은 하루에 6번 죽을 것 같은 고통을 겪고 있다.

데스봇 레벨 8이 투여된 결과이다. 친일파의 손을 들어주는 것보다도 더 죄질이 나쁜 것으로 분류된 것이다.

무능한 대통령이 고통을 겪지 않은 이유는 적당히 대체할 만한 인물을 찾지 못해서이다.

현 내각엔 대통령 유고시 그 직무를 대행할 인사가 없다. 그렇기에 나중을 기약하고 남겨두었다.

대통령은 도로시가 매긴 등급 중 최고 등급인 SS급이다. 데스봇 레벨 9에 해당된다.

데스봇 레벨10에 해당되어 하루 종일 고통을 겪게 될 SSS급은 아직 없다.

이건 직접 나라를 팔아먹은 을사5적(이완용, 박제순, 이지용, 이근택, 권중현) 같은 놈들에게 적용된다.

어쨌거나 대통령도 조만간 온몸이 불타는 듯한 작렬감을 3시간 간격으로 30분씩 겪게 될 예정이다.

당연히 DM을 공급받지 못하는 블랙리스트에 등재되어 있다. 지금껏 누구보다도 편히 살아왔으니 죽을 때까지 날마다 죽도록 고생해야 할 것이다.

*　　　　　*　　　　　*

2016년 4월 13일에 치러진 20대 총선 결과 총 300명의 국회의원 중 여당의 의석수는 122개이다.

선거 전에는 여당의 압승이 예상되었지만 청년층이 대거 투표에 참여함으로써 정치 지형이 바뀐 것이다.

예전에도 청년층이 이 같은 투표율을 보였다면 대한민국의 현재가 요 모양 요 꼴이 되지 않았을 것임을 반증하는 결과가 나왔다.

제1야당은 123석, 군소정당은 각각 38석과 6석, 그리고 무소속은 11석이 되었다.

현재 집권여당 의원 122명 중 114명이 병원에 있다.

야당과 무소속 의원도 상당수가 비명을 지르며 고통스러워한다. 박쥐같은 놈들이거나 여당 공천을 못 받아 무소속으로 출마했던 인물이 대부분이다.

이 와중에 대통령의 자질을 의심할 만한 소식이 전해졌다.

모든 업무를 외부의 누군가에게 일임하다시피하고 본인은 하루 종일 드라마나 쇼프로만 보고 있었다는 것이다.

아무런 권한도 없는 개인에 의해 국정이 농단되고 있음이 밝혀진 것이다.

이에 시민단체를 필두로 대규모 집회가 시작되었다.

대통령은 즉시 물러나고, 국정 농단과 관련된 자들을 즉각 처단하라는 것이 구호의 내용이다.

이런 와중에 전직 대통령들과 은퇴한 정치인, 전직, 현직 고위 공무원, 군인, 언론인, 법조계 인사 등도 같은 고통을 겪기 시작했다. 이 숫자만 거의 30만 명이 넘는다.

즉각 질병관리본부가 나섰고, 모든 의료진들이 총동원되었지만 고통을 호소하는 년놈들의 숫자만 늘어났을 뿐 아무런 것도 해결되지 않았다.

한국에서 발생된 기이한 현상은 세계의 이목을 끌기에 충분하고도 남았다.

사전에 아무런 징후도 없이 너무도 갑작스레, 그리고 엄청나게 많은 사람들이 비명을 지르고 고통을 호소한다. 세상의 그 어떤 약으로도 다스려지지 않는 끔찍한 고통이다.

발작하는 장면은 유튜브 등에 상당히 많이 올려져 있다.

이를 본 외국의 의료진들은 지금껏 알려지지 않은 신종 전염병일 것이라 판단했다.

그런데 고통에 겨워 신음을 하다 사망하는 자가 발생되었다.

한때 여당 국회의원이었고, 노쇠해서 죽을 날만 기다리던 자인지라 심한 고통을 견뎌내지 못한 것이다.

뒤를 이어 또 다른 사망자가 발생되었다.

고통을 견디다 못한 전직 검사와 고위 공무원들이 차례로 옥상에서 뛰어내렸는데 마치 병 때문에 죽은 것처럼 보도되었다.

어차피 죽은 놈들의 마지막 길을 누군가 미화한 것이다.

이렇게 열 명 가량의 사망자가 발생하자 많은 나라들이 한국으로부터의 모든 선박과 항공기의 입국을 금지하기 시작했다.

자그마한 사건으로도 호들갑 떠는데 뭐 있는 미국, 영국, 프랑스, 독일, 이탈리아, 스페인이 스타트를 끊었다.

다음은 러시아, 지나, 일본, 브라질, 아르헨티나 등이다.

이밖에 유로존의 모든 국가들과 베트남, 필리핀 등 동남아 국가들도 한국과 관련된 모든 입국, 출국을 금지시켰다.

졸지에 국제사회에서 완전히 고립되어 버린 것이다.

2015년에도 이와 유사한 일이 있었다.

중동호흡기증후군 메르스(MERS)가 확산되었을 때도 미국 등은 입국, 출국을 엄격한 시선으로 바라보았다.

이때 해외 관광객들이 잇따라 방한을 취소해서 항공기업계와 관광업계, 그리고 숙박업계가 큰 타격을 입은 바 있다.

지나는 2003년에 중증급성호흡기증후군 사스(SARS) 때문에 큰 곤욕을 치렀다.

1995년엔 급성열성감염을 일으키는 에볼라(Ebola) 바이러스가 콩고민주공화국에서 출현했고, 전 세계가 긴장했다.

이번엔 그 정도가 더 심했다. 너무 빨리 번졌고, 원인을 발견하기도 전에 사망한 자들이 많았기 때문이다.

어쨌거나 선박 및 항공기편이 모두 끊기자 외국으로 가려던 사람들은 밀항이라도 하려는 움직임을 보였다.

한국에 정말로 엄청난 전염병이 퍼진 거라면 자기만 아는 지극히 이기적인 놈들이 벌인 짓이다. 다행히 국내외 감시의 눈초리가 만만치 않아 밀항이 성사된 바는 없다.

이쯤 되면 국가 비상사태가 선포되어야 함에도 대통령은 예능 프로그램과 드라마를 보느라 여념이 없다.

그러곤 자신이 본 드라마에 출연한 배우가 더 많은 CF를 찍을 수 있도록 배려하라는 지시를 내릴 뿐이다.

실로 한심한 노릇이다.

국무총리와 각부 장관 등은 모조리 비명을 지르느라 정신이 없다. 최하가 데스봇 레벨 6이니 당연한 일이다.

행정부 수뇌 거의 전부와 법조계, 언론계 고위인사 상당수가 업무를 볼 수 없어 국정이 마비된 상태이다.

그런데 북한이 의외로 잠잠하다.

휴전선 경계를 강화했을 뿐이다. 혹시라도 한국으로부터 전염병이 옮을까 싶었던 모양이다.

수입과 수출이 동시에 끊기자 증시에 비상이 걸렸다.

지난 3월 말의 코스피 시가총액은 1,970조 원이었고, 코스닥은 205조 원이었다.

합계 2,175조 원이던 시가총액은 461조 원 대로 급전직하했다. 무려 83%나 하락한 것이고, 처음과 비교하면 6분의 1 정도로 쪼그라든 것이다.

주가가 25% 정도 빠졌을 때 외국인 투자자들은 'Hell Korea'와 'Exodus from Korea'를 선언하고 무지막지한 매물을 쏟아냈다. 보유 주식 전부를 무차별적으로 내던진 것이다.

우량기업이라 판단하여 사기만 하고 절대로 팔지 않던 것까지 모조리 다 내던졌다.

이에 놀란 기관투자가들까지 보유물량을 던지기 시작했다. 괴질이 다스려지지 않는 한 끝없는 하락장이 계속될 것이라 판단한 것이다.

부화뇌동[20] 의 대명사나 마찬가지인 '개미' 들은 어떻게 했겠는가! 모두가 그야말로 완전히 '쫄딱' 했다.

본인의 여유자금만으로 투자했던 이들은 그나마 다행이다.

더 많이 벌어보겠다고 증권사 신용거래[21] 를 선택했던 자들은 몇 푼조차 건지지 못하고 완전히 털려 버렸다.

엄청나게 많은 주식 매물이 시장에 쌓였다. 하지만 거래는 되지 않았다. 매수세가 전혀 없기 때문이다.

기관투자가들마저 묻지 마 투매에 나설 즈음 일부 기업에서 사내유보금으로 주가 떠받치기를 시도했다.

하지만 대세는 끝없는 하락장이다. 돈만 날린 것이다.

2016년 5월 25일 수요일.

---

20) 부화뇌동(附和雷同) : 우레 소리에 맞춰 함께 한다는 뜻으로, 자신의 뚜렷한 소신 없이 남이 하는 대로 따라가는 것을 의미
21) 신용거래 : 현금과 주식을 담보로 보증금률(대략 250%)에 따라 돈을 빌려 주식을 사는 것. 일정기간(30~150일) 동안 정해진 이자를 문다. 주가 하락으로 담보 주식의 가치가 일정 비율 이하로 줄어들 경우 그것을 처분해 융자금을 강제로 상환한다

대한민국의 모든 백화점과 마트, 그리고 놀이공원과 외식업체들은 희망을 접었다.

가뜩이나 불경기였는데 수입과 수출이 전면 중단되면서 주가가 폭락했다.

기업도 개인도 재산이 왕창 줄어들었다. 그리고 도처에 암환자와 미칠 것 같이 아프다는 '것' 들이 널려 있는 상황이다.

곧 나라가 망할 것 같은데 누가 선물을 사고, 누가 놀이공원으로 놀러가며, 누가 외식을 하겠는가!

모두가 지갑을 움켜쥐고 지출을 최대한 자제했다.

일부에서 식음료품의 사재기가 벌어졌지만 이를 욕하는 사람은 많지 않다. 자신도 여유가 있으면 그러고 싶은 마음인 때문이다.

어쨌거나 5월 25일 아침 증시가 개장되었다.

그런데 뭔가 이상하다. 엄청나게 많은 매물들이 존재했는데 삽시간에 모조리 사라진 것이다.

물론 전부는 아니다. 몇몇 종목은 여전히 남아 있다.

폭동이 일어나 다 털렸는데 별 쓸모도 없는 상품만 나뒹구는 약탈당한 슈퍼마켓 같은 모습이다.

한국의 기업들은 이제 모두 외국인 소유가 되었습니다.

비교적 공정한 방송을 추구하여 국민들로부터 응원을 받았던 모 방송사 밤 8시 뉴스의 첫 멘트였다.

오늘 오전, 증시가 개장되자 외국인들이 몰려들어 모든 주식을 싹쓸이 했습니다. 삼성전자를 비롯하여…….

앵커의 표정은 비장했다.

매물로 나와 있던 거의 전부가 모조리 외국인 소유가 되었음을 보도하고 있으니 어찌 안 그렇겠는가!

외국인들은 마치 담합이라도 한 듯 시중에 나온 주식들을 일사불란하게 빨아들였다.

그 결과 오전 10시가 되기도 전에 코스피와 코스닥의 매물 거의 모두가 사라졌다.

어마어마한 거래가 순식간에 이루어진 것이다.

이날 이전의 삼성전자의 외국인 지분율은 52.49%였다. 이게 2016년 5월 25일부로 91.4%로 바뀌었다.

쿠웨이트 투자청, 일본 정유기업 JXTG 홀딩스, 도쿄해상 등 외국인들과 각종 연기금, 산업은행, 기관투자가, 그리고 개미들이 열심히 투매해준 덕분이다.

이런 상황은 다른 기업들도 다르지 않다.

대한민국의 상장사 거의 전부 외국인 지분율이 70%를 넘어섰고, 아예 100%로 바뀐 곳도 많다.

그 기업의 대표마저 투매에 동참한 결과이다. 어차피 망할 것이라 생각했던 모양이다.

그리고 국내 최대 투자자라 할 수 있는 국민연금과 산업은 행이 보유주식 전부를 내던진 결과이다.

국민연금 기금운용팀은 적절한 손절매 시기를 놓쳐서 30% 정도 하락했을 때 전량 매도했다.

엄청난 손실이 발생했음에도 안도의 한숨을 쉬었다. 더 놔 두었다면 훨씬 큰 기금 손실이 발생되었을 것이기 때문이다.

연초에 해묵은 난제인 '국민연금 고갈론'이 신문지상에 자 주 등장했다.

발단은 국민연금연구원의 한 연구원이 작성한 보고서였다.

국민연금이 2034년까지 연금개시 연령을 68세로 올리고, 은 퇴 후 연금 수령기간도 18년 정도로 제한해야 파국을 막을 수 있 다.

국민연금공단 측이 예측하는 국민연금 기금의 고갈 시기는 2060년 정도이다.

보수적으로 예상하면 이보다 훨씬 빠를 것이다.

연구원의 주장대로 연금지급 시기를 만 68세로 크게 늦춰 도 이 결과는 막을 수 없을 것이다.

낮은 수익률도 문제지만 출산율 저하가 더 큰 원인이다. 연 금 받을 사람은 늘어나지만 낼 사람이 줄어든다는 뜻이다.

아무튼 2015년 연말을 기준으로 했을 때 국민연금기금은 512조 3,241억 원이었다.

이게 358조 6,260억 원으로 대폭 줄어들었다. 기금 고갈 시기가 대폭 앞 당겨진 것이다. 그럼에도 104조 2,650억 원 대로 줄어들지 않은 게 어디냐며 자찬(自讚)하고 있다.

현 상황을 보면 욕할 수도 없다. 맞는 말인 때문이다.

어쨌거나 연금을 더 이상 지불할 수 없는 시기가 2020년대로 당겨졌다.

앞으로 10년 후면 연금을 지불할 수 없다는 뜻이다.

당연히 국민연금 납부를 거부하자는 운동이 벌어졌다. 내기만 하고 받을 수는 없으니 당연한 일이다.

국민연금뿐만이 아니다.

공무원연금과 사학연금, 그리고 군인연금도 큰 손실을 입어 지급불능 시기가 대폭 당겨졌다.

방위산업체인 한국항공우주산업 'KAI'의 외국인 지분율은 67%로 바뀌었다. 국가 지분 33%를 제외한 나머지 전부가 외국인 손에 떨어진 것이다.

한국전력은 40%, KT 49%, 한국가스공사 30%, 대한항공 49.99%, 아시아나항공은 49.99%에 그쳤다.

이들의 외국인 지분율이 상대적으로 적은 이유는 '외국인 한도 주식수' 규정 때문이다.

원칙적으로 각 종목별 외국인 보유한도는 발행 주식수의

100%까지 허용된다.

다만 일부종목은 외국인 보유한도가 정해져 있다.

방송, 통신, 운송, 에너지, 언론, 발전, 기타 국책사업을 진행하는 기업은 국가기반시설에 해당된다.

특성상 외국자본에 의한 지배를 원천적으로 막을 필요가 있기에 외국인은 발행주식수 대비 30~49.99%까지만 보유할 수 있도록 한도가 설정되어 있다.

다시 말해 특정기업은 외국인이 정해진 지분 이상을 가질 수 없다. 이처럼 외국인 보유한도가 정해진 기업들을 제외한 나머지 매물들은 몽땅 사들였다.

남아 있는 건 외국인 보유한도가 걸려 있는 주식뿐이다.

그리 많은 종목이 아닌지라 약탈당한 슈퍼마켓의 진열대라는 표현을 한 것이다.

이 주식들은 전혀 거래가 되지 않고 있다.

더 사고 싶어도 그럴 수 없도록 막아놓았으니 매수세가 뚝 끊긴 때문이다.

Chapter 11
—
드디어 자유

이때 도로시가 뭔가를 획책하고 있다.

주민등록번호를 생성시켜 내국인 숫자를 늘리는 작업이다.

약 1,000여명으로 이미 사망한 사람을 부모로 가상인물이 태어난 것처럼 조작하는 것이 첫 번째 일이다.

둘째는 가상인물의 성장기간에 대한 전산자료 입력이다.

학적, 성적, 진학 등에 관한 내용이 모두 입력되고 있다.

세 번째는 병역에 관한 기록이다.

신체검사를 위한 통지기록은 물론이고, 신검결과 기록, 입대를 명령한 영장기록, 그리고 성실히 군에 복무했음을 누구나 인정할 만한 기록을 창작하여 입력시킨다.

네 번째는 사회에 나와 돈을 벌었던 기록이다.

다섯 번째는 사망한 부모로부터 적은 금액이기는 하지만 유산을 물려받은 내용이다.

이를 위해 은행 전산망의 모든 기록을 수정했다.

여섯 번째는 그간 돈을 벌어왔다는 기록이다.

부모로부터 물려받은 돈으로 KAI와 KT, 한전 같은 국가 기간산업의 주식을 산 것으로 해야 하니 액수까지 딱 맞췄다.

마지막은 현재의 위치에 관한 내용이다. 국적은 내국인이지만 모두 외국에 나가 있는 것으로 설정되었다.

이를 위해 여권, 입출국 기록 등이 모두 조작되었다.

가상인물 하나하나가 모두 실존인물 같아야 하므로 몹시 복잡다단한 일이지만 도로시에겐 그리 어려운 일이 아니다.

불과 3초에 하나씩 가상인물들이 완성되고 있다.

계획대로 1,000명이 만들어지면 텅 빈 진열대에 남아 있는 나머지 주식들도 모조리 빨아들일 계획이다.

내국인 신분으로 주식을 사는 것이니 외국인 한도 주식수와 관계없다.

한전, KT, 한국가스공사, 대한항공, 아시아나 항공 등 나머지 매물들도 빨아들일 수 있을 것이다.

현수가 처음 신분회복을 생각했을 때 이런 방법을 썼으면 아주 금방 끝났을 것이다.

실종기록을 지워 버리든지 귀환기록을 만들었다면 3초도

안 걸릴 일이다.

실체를 확인할 수 없는 가상인물이 아니라 언제든 실물을 확인할 수 있는 사람이니 쉬운 일이다.

그럼에도 그렇게 하지 않은 이유는 정정당당하게 신분을 회복하려던 의도가 있었기 때문이다.

어쨌거나 그 일은 이미 지나갔다.

김현수는 남아공 국적의 하인스 킴이 되었고, 바하마에 소재한 Y-인베스트먼트의 대표이사가 되었다.

이를 알고 있는 사람이 상당히 많아졌으니 이젠 고치고 싶어도 그럴 수 없다.

그러려면 권지현과 강연희 등의 뇌에서 기억을 지워야 하는데 마법을 쓸 수 없는 현재의 몸으론 불가능한 일이다.

*   *   *

같은 순간 미국, 일본, 영국, 지나, 독일, 스페인, 프랑스 등의 주식과 채권시장은 차차 안정을 되찾아갔다.

버락 오바마 미국 대통령은 이례적으로 위폐범 재판에 관한 성명을 발표했다.

범인이 체포되면 최대한 빨리 재판을 진행하여 형을 확정해 달라는 내용이다. 아울러 무관용을 요구했다.

법률로 정해진 최고의 형을 언도해 달라는 뜻이다.

위조지폐 제조 및 유포는 나라의 경제를 말아먹는 일이므로 법원이 사형을 언도하면 즉시 집행토록 하겠다는 것이다.

　참고로, 미국의 수정헌법 제 344조에 의하면 위조지폐를 발행하거나 유포하면, 범죄가 일어난 곳의 법률에 따르되, 진폐와 100% 동일하면 이는 죄질이 중대하고 악의에 차 있다고 보고 법정최고형을 구형하도록 되어 있다.

　사형이 없는 주는 감형과 가석방 없는 종신형, 사형제도가 있는 주는 무조건 사형이라는 뜻이다.

　지나는 한술 더 떴다.

　위안화 위조범 일당이 사흘 만에 검거되었다.

　이들에 대한 재판은 속전속결로 이루어졌다. 그 결과 나흘 만에 대법원 판결이 내려졌다.

　다음 날 저녁, 공개처형 장면이 생방송되었다.

　위폐를 만든 자와 그의 직계가족 전부가 형장의 이슬이 되어 사라졌다. 아울러 4촌 이내의 모든 재산을 몰수하였으며, 사회적 지위를 모조리 박탈했다.

　선생이었던 자는 교단을 떠나야 했고, 공산당원은 당적을 박탈당했다. 직장인은 하루아침에 해고통보를 받았다.

　습근평은 이들 전부가 평생토록 국외로 나갈 수 없을 것이며, 늘 감시의 눈초리를 받을 것이라고 선포하였다.

　대놓고 연좌제를 실시한 것이다.

이만하면 인권 좋아하는 떨거지들이 일제히 들고 일어날 만도 한데, 이번엔 그런 목소리가 거의 없다. 슈퍼노트로 인한 손해가 너무도 막심하였기 때문일 것이다.

마치 광풍폭우처럼 휘몰아치던 일들은 한 달도 지나지 않아 차츰 원상으로 회복되어 간다.

겉보기엔 달라진 것이 별반 없는 것처럼 보인다. 그러나 안을 들여다보면 상당히 많은 변화가 있다.

첫째는 주식 소유자가 상당히 많이 바뀌었다.

주가 추가하락을 겁낸 기존 주주들이 투매한 것을 기업별로 200~1,000여 개인 혹은 법인들이 받아 챙겼다.

이들 대부분은 외국인 내지 해외법인이다.

둘째, 누군가 주식을 왕창 가지고 있는 것이 아니라 대부분 1% 미만을 보유하고 있다. 골고루 분산된 것이다.

애플, 구글, 마이크로소프트, 아마존, 알파벳, 페이스북, 인텔, 컴캐스트, CISCO, 펩시콜라, 넷플릭스, NVIDIA, 아도비시스템, 암젠, 코스트코 등의 주식 51% 이상이 확보되었다.

나스닥과 뉴욕증시 상장기업 상위 300개 대부분이 이러하다.

블랙 먼데이보다도 더한 폭락 장세였기에 도로시는 헐값으로 언제든 이들 회사의 경영권을 가져올 수 있게 하였다.

한국도 상황은 비슷하다.

다만 외국인 지분율이 훨씬 높은 것과 거의 모든 상장기업의 주주총회가 소집되었다는 것이 다르다. 그중 상당수 주주총회에서 다음과 같은 진행자 발언이 있다.

"다음은 현임 대표이사 및 등기이사 해임에 관한 안건입니다. 의결권을 가지신 분은 의사표시를 해주시기 바랍니다."

주총 결과 200대 기업 중 4분의 3 이상의 대표이사 및 등기이사들이 해임된다.

이들의 공통점은 한 번 이상 사회적 물의를 일으켰거나 악질적인 기업행위, 또는 갑질과 연루되어 있다는 것이다.

새로 선임된 대표이사는 취임하자마자 이전 총수의 친인척 및 밀접한 관계에 있던 간부 전원을 내보냈다.

낡고, 썩었으며, 고루한 고인 물들은 모조리 빼내고 참신하고 깨끗한 물로 채워 넣는 대대적 물갈이가 진행된 것이다.

이밖에 고압적 권력행사를 하던 악질상사들도 대거 쫓겨났다. 여기에 남녀의 구분은 없다.

여우짓으로 상사를 불편하게 하고, 부하직원을 골탕 먹이던 계집들도 상당수가 쫓겨났다. 법원에서 인정할 만한 해고사유로 내쫓는 것이니 소송해도 복직되지는 않을 것이다.

아울러 상당히 많은 고소장이 경찰 및 법원에 접수되었다.

총수 일가 및 경영진과 간부들이 회사에 끼친 손해를 배상

하라는 민사소송이 먼저이다.

혹시라도 돈을 빼돌려 외국으로 튈 우려가 있기 때문이다. 하여 그들의 모든 동산 및 부동산엔 가압류가 붙었다.

이와 더불어 배임, 횡령, 유용, 독직, 성희롱, 성폭행 등의 죄를 묻는 형사고소가 빗발치기 시작했다.

문제는 경찰, 검찰, 법원에 상당히 심각한 문제가 발생되어 있다는 것이다.

비명을 지르기 시작한 인원이 전체의 반을 넘는다.

누군가의 죄를 찾아 그에 대한 처벌을 해야 할 기관 자체들이 어마어마하게 부패된 조직이라는 방증이다.

어쨌거나 실무자들이 일을 할 수 없는 상황이다. 따라서 수사 및 검거가 매우 늦어졌다.

이를 틈타 전임 총수 및 일가붙이들이 비상장 계열사의 장악력을 놓치지 않으려고 발버둥쳤다.

도로시는 이를 두고 보기만 했다.

순환출자의 고리가 끊기면 알맹이 없는 껍데기뿐인 회사가 되도록 은밀한 조치를 지시할 뿐이었다.

외국으로의 도주 움직임이 포착되면 그 즉시 출국금지 명단에 이름이 올라갔다. 물론 도로시가 조작하는 것이다.

죄를 지었으면 처벌받아야 하기 때문이다.

아무튼 대기업들은 사내에 쌓여 있던 유보금으로 차입금 상환에 나선다. 은행권에서 금리를 높인 때문이다.

아울러 비사업용 부동산을 내놓는다.

불경기인데다 한꺼번에 너무 많이 쏟아져 나오니 부동산의 가치는 급격히 하락한다.

이 와중에 건강보험공단은 규명할 수 없는 현상으로 인해 재정 건전성이 크게 취약해지자 특단의 조치를 취했다.

괴이한 현상은 4월에 시작되었기에 '에이프릴'이라 이름 붙였다. 그러곤 다음과 같은 발표를 하였다.

에이프릴은 수술로 해결될 수 있는 질환이 아닙니다.

그리고 이 세상에 존재하는 모든 마취제와 진통제, 심지어 마약으로도 고통을 덜어줄 수 없습니다.

아울러 현존하는 그 어떤 검사로도 에이프릴의 발생원인을 명확히 규명할 수 없습니다.

에이프릴로 인한 고통 호소는 지극히 자의적이며, 특정한 질병으로 인한 것이라는 설명을 할 수 없습니다.

이에 저희 건강보험공단에선 에이프릴을 질병이 아닌 것으로 규정하였기에 더 이상 에이프릴과 연관된 의료비 부담을 하지 않을 것입니다.

에이프릴로 명명된 이 괴이한 현상은 사람에 따라 겪는 종류와 빈도가 다르다.

누군가는 손발이 잘려 나가는 듯한 고통이라 하고, 누군가는 온몸이 불에 타는 듯하다고 한다.

그리고 고통을 겪는 빈도도 제각각이다.

손가락이나 발가락이 잘린 듯한 고통을 호소하는 자는 하루에 한 번 아니면 두 번이다. 산 채로 불에 태워지는 듯한 작렬감은 한 번에서 네 번까지이다.

둘의 공통점이 있다면 매번 30분씩 그런다는 것이다.

건강보험공단에선 에이프릴로 인한 고통이 지극히 주관적이라는 것에 주목한 것이다.

아프다고 하고, 실제로도 아픈 것처럼 보이기는 하는데 무엇으로도 그 고통을 증명할 수 없다.

단체로 쇼를 벌이는 것일 수도 있다. 그렇기에 의료비 부담을 못하겠다고 선언한 것이다.

에이프릴에 걸린 연놈들은 무슨 소리냐며 아우성쳤지만 건강보험공단은 일절 대응하지 않는다.

병원을 가도 아무런 도움도 받을 수 없음에도 괴질에 걸린 년놈들은 끝없이 진료를 요구한다.

그러면서도 어김없이 갑질을 한다.

아무리 아파도 인성은 변하지 않는 것이 분명하다. 고통에 겨운 비명을 지르면서도 다음과 같은 말을 내뱉는다.

— 너, 내가 누군지 알아?
— 이러다 큰 코 다칠 거야!

— 야! 나중에 어떻게 되나 두고 보자.

— 빨리 와서 나부터 봐줘야 하는 거 아냐?

— 내가 제일 먼저라는 거 몰라?

— 너 같은 건 당장 잘라 버릴 수 있어.

하긴 물에 빠져 허우적거리는데 구해줄 생각은 안 하고 팔짱만 끼고 있는 듯했으니 이랬을 것이다.

아무튼 의료보험 대상에서 빠졌기에 모든 병원, 의원 및 한의원, 심지어 치과병원까지 떼돈을 벌기 시작한다.

부르는 게 값이 되어버린 것이다.

온갖 민간요법까지 동원되었음에도 효과가 없는 건 마찬가지지만 에이프릴에 걸린 놈들은 계속 돈을 써야 한다.

당장 죽을 것 같은 고통이 매일 반복되기 때문이다.

해외에 은닉해 두었던 것과 국내 은행에 차명으로 입금시켜 났던 돈들은 몽땅 사라진 상태이다.

하여 금고에 넣어두었던 현금이나 금괴 등을 처분한 돈으로 병원비를 냈지만 얼마 가지 못한다.

조금이라도 효과가 있는 것 같으면 너무 비싼 진료비를 청구하여 의료비 부담이 컸던 때문일 것이다.

*   *   *

돈이 다 떨어지니 보유 부동산을 내놓을 수밖에 없다.

그런데 하필이면 거의 모든 기업이 비사업용 부동산을 매물로 내놓은 시기와 겹친다.

매물이 어마어마하게 쌓이자 불패신화를 자랑하던 강남의 부동산 가격도 크게 하락한다.

전국적으로 아파트, 빌라, 주택, 상가, 빌딩, 임야, 전답 등 모든 종류의 부동산이 매물로 나오고, 면적도 어마어마하다.

이쯤 되면 외국의 투기자본이 들어와 싹쓸이를 할 만도 한데 그런 일은 결코 일어나지 않는다.

에이프릴 때문에 입국하려는 사람이 없기 때문이다.

부동산 투기로 눈이 벌겋던 자들도 매입을 자제한다.

예를 들어, 40억이 넘던 강남의 어느 아파트가 있는데 28억 원에 내놓아도 팔리지 않고 있다.

30%나 하락했음에도 매수자가 없는 것이다.

하긴, 매일 매일 가치가 줄어드는데 누가 사겠는가!

이러다 반값을 지나 최초분양가 이하로 내려가는 건 아니냐는 우려의 목소리가 나올 정도이다.

강남구, 서초구, 송파구는 물론이고, 부자들이 많이 사는 한남동, 성북동, 평창동, 장충동, 이촌동 등의 부동산 가격도 예외는 아니다. 덩어리가 크거나, 고가였기에 뚝뚝 떨어지는 소리가 들릴 지경이다.

종로와 명동의 상가건물은 물론이고, 가로수길, 경리단길,

홍대 앞 등의 상가건물 가치도 30% 이상 떨어졌다.

그런데 여기서 멈춘 것 같지 않다.

심리적 저지선이 있어서인지 잠시 주춤하고 있지만 매도만 있고 매수가 없으니 시장 공급의 원칙에 따라 더 하락하게 될 것이 뻔하다.

여기에 극심한 불경기까지 맞물려 있다. 누구나 결말을 예상할 수 있는 상황이다. 그리고 돈만 많으면 알토란 같은 부동산들을 모조리 주워 담을 수 있는 절호의 기회이다.

하지만 투기꾼들이 나서질 않는다.

가족 중 하나 이상이 에이프릴 때문에 고생을 하고 있거나, 은닉해 두었던 돈이 감쪽같이 사라진 상태이다.

예전처럼 부동산 투기로 배를 불리고 싶어도 마음의 여유, 자금의 여유가 없기 때문이다.

덕분에 신수동 Y—빌딩 부지 매입은 더욱 쉬워진다.

슈퍼노트와 에이프릴로 인해 대한민국의 거의 모든 부동산의 가치는 30% 이상 하락하였다.

이는 평균치이다.

상대적으로 저렴했던 지방은 덜 떨어졌지만 집값이 비쌌던 서울은 더 떨어졌다. 특히 강남, 송파, 서초구의 경우는 45% 이상 하락되었다.

모든 것이 불확실한 상황이 되자 금융기관들은 앞 다퉈 대출금리를 대폭 인상했다.

전국은행연합회가 지난 6월 22일에 공시한 주택담보대출 금리 자료를 보면 우리은행 2.87%, 국민은행 2.91%, 하나은행 2.92%, 신한은행 2.96% 등이다.

모두 3% 이내였던 주택담보대출 금리가 7%대로 수직상승하자 난리가 벌어졌다.

강남, 서초, 송파구의 주택 및 아파트는 상대적으로 비싼 만큼 은행 융자금 액수도 크다.

그런데 은행에서 금리를 확 올려 버리니 이를 감당할 수 없는 가구들은 집을 내놓을 수밖에 없었다.

수입의 대부분을 은행 대출금 이자로 납부해야 하는 상황이 되자 매물이 너무 많아졌다. 그런데 매수세가 거의 없다.

그럼에도 매물은 계속해서 쌓였다.

대출원금 및 이자를 갚지 못하면 집이 경매로 넘어갈 상황이 되자 하루라도 빨리 팔기 위해 계속 호가를 내렸다.

그 결과 부동산 폭락장이 형성되었다. 지금껏 오르기만 하던 강남 3구 부동산의 끝없는 하락이 시작된 것이다.

이런 상황 임에도 Y—빌딩에선 신수동 사업부지의 부동산을 예전 가격으로 매입해 준다고 하였다. 기간은 1주일이다.

부동산 소유자들 서둘러 계약서에 도장을 찍는 중이다.

세입자의 사정은 물어보지도 않고 한 푼이라도 더 건지려는 욕심이 작용한 것이다.

다행인 건 세입자들이 돌려받은 전세보증금 등으로 더 넓은 집으로 이주할 수 있어 반대하지 않았다는 것이다.

전세 값과 월세도 뚝뚝 떨어지고 있었던 것이다.

주택이나 아파트 같은 부동산을 담보로 대출을 해주었던 은행들은 전전긍긍하는 중이다. 부실채권이 한꺼번에 해일처럼 밀려들 수도 있기 때문이다.

이런 나날이 지나는 동안에도 현수는 히야신스의 웨이터로서 맡은바 소임을 착실하게 수행했다.

그러는 동안 국내 의사면허를 받기 위한 예비시험을 치렀다. 필기시험은 5지선다형이었으며 '의학의 기초'를 물었다.

일주일 후 결과가 발표되었다.

현수는 당연히 만점으로 합격했다.

이제 의사국가시험만 통과하면 면허증을 받을 수 있게 된다.

                    *   *   *

2016년 7월 30일 토요일.

현수는 히야신스 매장 입구에 말쑥한 차림으로 서 있다.

그의 앞에는 강주혁 사장과 신호철 주방장, 그리고 이창연 주방보조가 서 있다.

"현수씨, 그동안 고생 많았어요."

의사 예비시험에 합격했음을 알리자 히야신스 강주혁 사장은 마치 본인의 일처럼 기뻐했고, 축하해 주었다.

신호철 주방장도 환한 웃음을 지어 보였다.

히야신스는 요즘 매일 만석을 기록하고 있다. 테이스토피아
가 메뉴에 추가된 이후의 일이다.

옆 가게를 추가로 얻어 매장 면적이 두 배 이상으로 늘어났
음에도 빈자리를 찾기 어려울 정도이다.

3월~4월엔 현수를 보려고 오는 젊은 여성 손님이 대부분이
었다. 현재는 남녀가 반반이고, 연령대도 다양해져서 10대부
터 70대 노인까지 골고루 섞여 있다.

대부분 테이스토피아를 맛보러 오는 것이다. 남녀노소 모두
의 입맛을 사로잡은 결과이다.

노키즈존 선언 이후 맘카페 등에서 극렬한 불매운동이 벌
어져 잠시 매출이 주춤했다.

하지만 지금은 아니다. 노키즈존이 여전히 유지되고 있음에
도 매출은 이전의 10배 정도로 늘었다.

진상 짓하는 맘충들이 완전히 사라진 것은 아니다. 하지만
그 수효는 급감해서 보름에 하나 정도일 뿐이다.

그나마 50대 이상인 손님이 전체의 30% 이상이라 진상 짓
하는 게 눈치 보이는 것이 그 이유이다.

그러려고 하면 어른들이 먼저 나서서 꾸짖어주시니 현수의
어깨가 한결 가벼웠다.

아무튼 급격한 매출신장의 일등공신은 테이스토피아이다.

첫 발매 후 채 한 달이 되기 전부터 손님들이 줄서기 시작했다. 새치기 때문에 자주 다툼이 일어나서 대기번호표 발행기까지 들여놓아야 했다.

SNS와 블로그 등을 통해 급격하게 입소문이 나자 상당히 많은 쉐프들이 히야신스를 찾아왔다.

방송에도 나갔다. 돈을 주고 방송해 달라고 한 게 아니라 취재 요청이 들어와 받아들인 것뿐이다.

대체 뭘 갖고 호들갑인가 싶었던 모양이다.

— 우와아—! 이건 생판 처음 먹어보는데 너무 맛있음.

— 10점 만점에 300점~! 꺄아~! 너무 맛있었엉.

— 하아~! 조금 아까 먹었는데 또 먹고 싶당.

— 난 500점! 둘이 먹다 열이 죽어도 모를 지경^^

— 난 하루에 한번은 꼭 먹음.

— 뭔 데 이렇게 맛있지? 테이스토피아 짱~!!!

— 강추! 강추! 강추! 이 말 밖에 못함.

— 삼시세끼 이걸로 배 채우고 싶다.

— 배가 터질 지경인데 자꾸 자꾸 땡겨~!

— 음식에 마약을 넣은 게 분명해. 신고할까?

— 너무, 너무, 너무, 너무, 맛있엉~! 감사, 감사~~!!!

— 흉님들! 테이스토피아가 뭔감유?

— 끝내주는 음식, 아니, 요리! 한번 먹어봐. 꼭 먹어봐.

― 제주도에선 어디에서 팔죠?

― 서울 성신여대 앞 '히야신스' 이외엔 파는 곳 없음

― 지구 최고의 맛집~!!!!!!

― 한 번 먹어보면 반할 걸

― 미슐랭은 뭐하나? 별 4개는 줘야 함. 매우 특별해!!

― 테이스토피아와 비교할 음식이 없으니 4개 맞아.

― 뭔 소리야? 겨우 4개? 5개는 줘야징. 안 그래?

― 음식의 차원을 넘었으니 5개 인정~!

― 호불호가 없을 지구 유일의 음식일 거야.

― 맞아! 누가 이걸 싫어해?

― 세 번 먹어본 내 평가 → ★★★★★★★★★★

― 미슐랭 뭐 하나? 빨리 안 가 봐?

테이스토피아의 소문을 듣고 이를 맛본 쉐프들은 자기 주방에서 똑같은 비주얼을 가진 음식을 만들어보았다.

겉보기엔 비슷하지만 맛은 완전히 달랐다.

히야신스의 것이 '100'이라면 본인의 것은 '5'도 안 된다.

분명히 같은 식재료로 만든 것 같은데 결과물은 오리지널에 비할 바가 못 되었다.

쉐프들은 분통을 터뜨리며 모두 쓰레기통에 버려야 했다.

전국 각지에서 수없이 같은 맛을 재현하려는 노력이 있지만 모두가 실패했다.

코카콜라의 맛을 재현하려다 모두 실패한 것처럼 테이스토피아도 맛을 결정하는 '소스의 특별한 성분비'와 '조리기법'을 모르면 만들 수 없기 때문이다.

현재는 김현수와 강주혁, 그리고 신호철만이 테이스토피아를 만들 수 있다.

"모두 현수 씨 덕분이에요."

"아뇨! 사장님과 주방장님이 노력하신 결과지요."

"아니에요. 모두가 현수 씨 공입니다. 그리고 그동안 정말 수고 많았어요. 고마워요! 의사시험 본다는 거 뻔히 알면서도 공부할 시간 많이 못 준 건 정말 미안하구요."

지난 몇 달간 현수는 추가인원 없이 끝없이 밀려드는 손님들을 모두 감당해 냈다.

2배 이상으로 넓어진 홀을 혼자서 서빙할 수 있었던 것은 슈퍼마스터였던 체력과 동체 시력이 있었기 때문이다.

강주혁 사장은 3명의 알바를 더 고용하려고 했는데 현수가 말렸다. 언제 이런 경험을 또 해보겠는가 싶어서이다.

얼마 전 예비시험 합격자 발표가 있었다. 현수는 조금 더 경험해 보고 싶어 어젯밤 늦게까지 서빙을 했다.

그리고 오늘은 히야신스와 작별하는 날이다.

"이거 얼마 안 되지만 받으세요."

강 사장이 건넨 봉투는 제법 두툼하다.

종이가 얇아 내용물이 누런 색깔이라는 걸 알 수 있다.

100장 묶음 정도 되니 500만 원인 듯싶다.

현수가 일하기 전까지 히야신스는 서서히 시들어가는 화병의 꽃과 같았다.

손님은 줄어들었지만 임대료 등 고정비가 그대로라 매달 마이너스 수입이었다.

강 사장에게 금전적 여력이 없었다면 일찌감치 문을 닫았어야 했다. 그럼에도 그러지 않은 건 나아질 수 있다는 가능성에 마음의 무게를 실었던 결과이다.

그 후로 두 번이나 인테리어 공사를 했다. 샐러드 바로 바꿀 때와 테이스토피아를 신 메뉴로 내놓을 때이다.

그리고 얼마 지나지 않아 옆 가게를 추가로 임대하면서 그쪽 인테리어 공사도 했다. 새로 얻은 공간을 채울 식탁과 의자 등을 매입하는 데도 상당히 많은 돈을 썼다.

어젯밤 강 사장은 그간의 수입을 정리해 보았다.

462만 원이 남았다. 본인 인건비를 전혀 계산하지 않았으니 아직은 손해이다. 여기에 38만 원을 더해서 500만 원을 작별선물로 내민 것이다.

요즘은 문전성시가 될 정도로 장사가 잘되고 있으니 큰 부담이 안 될 액수지만 작별선물로 주기엔 큰 액수이다.

"에구, 아닙니다. 괜찮습니다."

현수가 얼른 사례를 치자 강 사장은 봉투를 현수의 손에 쥐어준다.

"더 못 줘서 미안할 뿐이에요. 테이스토피아에 대한 로열티 (Royalty)는 잊지 않고 보내줄게요."

"저는 정말 괜찮습니다. 여기서 얻은 경험이 얼마나 많은데 요. 신경 안 쓰셔도 됩니다."

테이스토피아의 1인분 가격은 8,000원으로 책정되었다. 맛에 비하면 너무 저렴하다.

그리고 누구나 적어도 2인분은 먹고 간다.

누군가의 말처럼 배가 터질 것 같은데도 뇌에서 추가 주문을 지시하니 방법이 없는 것이다.

아무튼 1인분 로열티는 400원이다.

강 사장은 15%를 주겠다고 했는데 현수가 거절했다.

'테이스토피아와 짜카오무라이스가 곁들여진 샐러드바'는 조만간 프랜차이즈(Franchise) 사업으로 발전될 예정이다.

히야신스가 프랜차이즈 본사(Franchisor)가 되고, 가맹점 (Franchisee)들을 모집하게 된다.

현수가 순이익도 아닌 매출의 15%를 로열티로 챙겨갈 경우 가맹본사와 가맹점의 수익이 크게 줄어든다.

그렇기에 5%만, 그것도 가맹점 영업 시작 1년만 받는 것으로 양보해 주었다.

그것도 안 받으려 했는데 강주혁 사장이 꼭 받아야 한다고 강권해서 할 수 없이 정한 것이다.

이런 걸 보면 강 사장은 양심적이다.

프랜차이즈 사업도 가맹점의 고혈을 빨아 배를 불리지 않고 상생하는 방향으로 나아갈 것으로 기대된다.

"그래도 그건 아니죠. 아무튼 매달 말일에 로열티 정산해서 보내드릴게요. 그간 수고 많으셨습니다."

"네! 시간 나면 놀러올게요."

"그럼요! 그럼요! 언제든 오세요."

강 사장이 사람 좋은 미소를 지어 보인다.

얼른 히야신스를 나섰다. 하루 종일 작별인사를 할 판이었던 것이다.

Chapter 12
—
사업 시작!

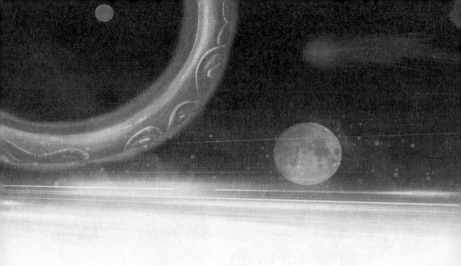

　현수는 지하철 성신여대 역에서 삼각지역으로 갈 전철을 기다리고 있다. 사람들 눈에는 보이지 않지만 다섯 발자국 안에 신일호가 형형한 시선으로 사방을 살피고 있다.

　광학스텔스 기능이 작동되므로 사람들의 눈이나 CCTV에는 포착되지 않는다.

　'폐하! 드디어 자유의 몸이 되셨네요.'

　'그래! 시간이 조금 걸렸지?'

　'네! 그동안 고생하셨어요.'

　'고생은! 좋은 경험을 한 거지.'

　현수에겐 2016년의 대한민국 서민들의 삶이 어떤지를 확실하게 파악하는 시간이었다.

'참! 히야신스 식구들에게도 클린봇과 캔서봇 투여했지?'

'네! 강주혁 사장과 신호철 주방장, 그리고 주방보조 이창연 본인 및 직계가족 모두에게 접종 완료하였습니다.'

셋 모두 인간성이 상당히 괜찮았다.

그렇기에 무병장수를 작별선물로 선사하였다. 이제 혈관계 질환이나 각종 암으로 사망할 확률은 확실하게 0%가 되었다.

이래서 착하게 살아야 한다.

'드디어 완전한 자유인가?'

'넵! 완전하세요. 이제 사업에 몰두하실 건가요?'

'그래야 하지 않겠어? 아직 휴먼하트의 편차조정이 끝나지 않았으니까.'

'기왕이면 적극적으로 개입하시길 권해요.'

'왜?'

'존엄하신 폐하이시니 현재의 지구인들이 우러러보도록 위업을 세우셔야 하지 않겠어요?'

'……!'

현수는 아무런 대꾸도 하지 않았다. 마침 전철이 플랫폼에 접근하고 있었기 때문이다.

*   *   *

"어서 오십시오."

현수를 맞이한 것은 Y—엔터 한국지사장 조연이다. 걱정이 없고, 자금에 여유가 있어서인지 혈색이 아주 좋다.

"다이안은 요즘 어때요?"

"펄펄 날아다니고 있죠! 다 대표님 덕분입니다."

"에구, 잘 준비되어 있던 덕도 있지 않을까요?"

탁월한 가창력과 칼군무를 이야기하는 것이다. 충분한 연습이 없었다면 불가능한 일이다.

"아뇨! 대표님께서 주신 곡이 가장 큰 덕이지요."

"하하! 그래요."

"말 나온 김에 2집 앨범 녹음한 것 한번 들어보시죠."

"그래볼까요?"

현수는 조연 지사장의 뒤를 따라 녹음실로 들어갔다.

신곡의 제목은 '잠자리와 나비'와 '나만의 그대'이다.

앞의 것은 경쾌한 리듬의 댄스곡이고, 뒤의 것은 락 발라드이다. 지금은 엄청 더운 여름이지만 곧 다가올 가을에 맞춘 신곡이다.

도로시가 보관하고 있던 악보와 음질별 MR을 보내면서 현수가 허밍으로 가이드 녹음한 것을 파일로 보내준 바 있다.

"자! 그럼 플레이합니다."

현수가 고개를 끄덕이자 플레이버튼을 누른 조 지사장 또한 헤드폰을 뒤집어쓴다.

파아란~ ♬♪♪♩~ ?♪♩

곡이 끝나자 조 지사장은 헤드폰을 벗으며 현수에게 시선을 준다.

"어떠신지요?"

"흐음! 괜찮긴 한데 내 의도와 약간 달라요. 이거 템포를 조금 빠르게 한 거죠?"

"으윽, 귀신이십니다! 아주 조금 빠르게 녹음한 건데 그걸 어떻게……?"

조 지사장의 말대로 곡의 빠르기를 아주 조금 손봐서 녹음했다. 원래의 템포가 100이었다면 녹음된 건 105이다.

그런데 딱 한 번 듣고 그 차이를 잡아낸 것이다. 어찌 놀라지 않겠는가!

"지사장님이 빠르게 하라고 했을 리는 없고, 누가 이렇게 하자고 한 거죠?"

"그건 멤버들이……. 죄송합니다."

조 지사장은 몹시 송구스럽다는 표정이다. 원곡자의 의도를 마음대로 바꿔 버린 셈이 된 때문이다.

"다시 녹음해야 할 거 같네요. 멤버들은 어디에 있죠?"

"마침 위층 숙소에 있습니다."

"두 번째 곡을 듣고 있을 테니 내려오라고 해주실래요?"

"네, 알겠습니다."

조 지사장이 나간 사이에 두 번째 곡도 들어보았다. 미묘하게 마음에 거슬리는 부분이 있다.

뭔가 싶었는데 화음에서 문제를 발견할 수 있었다.

후렴구의 두 마디를 단조화음으로 해놨다.

전체적으론 장조인 곡이기에 미묘한 차이를 발생시켜 귀에 착 감기는 느낌이 들도록 한 것이다.

그런데 이를 장조로 바꿔 불렀다. 그 결과 곡이 밋밋해졌다. 미묘한 특색이 사라진 것이다.

현수가 헤드폰을 벗을 때 녹음실 문이 벌컥 열린다. 그러곤 한 인영이 환호성을 지르며 쇄도했다.

"와아! 오자공님!"

와락~!

와다다 달려와서 덥석 끌어안은 건 리더인 서연이다. 방금 샤워를 마치고 내려왔는지 머리카락이 축축하다.

'……! 또 당했네. 다음부터는 주의해야지.'

가슴에서 느껴지는 물컹함으로 미루어 짐작컨대 자신이 왔다는 소리를 듣자마자 내려온 모양이다.

그래서 마땅히 할 걸 안 한 듯한 느낌이다. 현수가 어정쩡한 자세로 두 팔을 벌리고 있을 때 서연이 속삭인다.

"얼마나 기다렸는지 아세요?"

"그랬어?"

"미워요. 매일매일 보고 싶었는데……."

누가 보면 다정한 연인간의 대화인 듯싶다.

서연은 본인이 낼 수 있는 최대한의 힘으로 현수를 꼭 끌어안았다. 샴푸인지 린스인지 알 수 없는 향기가 코를 자극했지만 현수는 불편하기만 했다.

스물네 살짜리 처녀와의 포옹이다.

리즈시절의 정윤희와 버금갈 미녀가 끌어안고 있으니 당연히 신체의 한 부분이 반응한다.

실제 나이는 2,961세지만 신체 나이는 겨우 25세이다. 그것도 아주 혈기왕성하여 아침마다 굳건한 A텐트를 친다.

그런데 뭉클한 느낌과 더불어 달콤한 숨내, 그리고 향기까지 느껴지고 있다.

현수는 슬쩍 엉덩이를 뒤로 뺐다. 이때 녹음실 문이 열리면서 나머지 멤버들이 우르르 들어선다.

"엥? 서연인 언제……?"

"서연! 바른대로 이실직고해. 우리 오자공님을 얼마나 오래 끌어안고 있었어?"

"한 3분…? 근데 이렇게 2분 더 있을 거야."

"알았어! 기다려 줄게."

멤버들은 혹시라도 현수가 도망갈까 싶었는지 녹음실 출입구 앞에 버티고 서서 가위바위보를 했다.

포옹 순번을 정하려는 모양이다.

잠시 후, 예린, 정민, 세란, 연진의 순으로 현수와 포옹했다. 리즈시절의 김태희, 성유리, 송혜교, 손예진이 안겨온 것이다.

현수는 엉거주춤한 자세로 모두를 안아줄 수밖에 없었다.

'도로시! 이 옆 여관 사들인 거 맞아?'

'넵―! 집주인과 협상하여 은행대출금을 모두 떠안는 조건 으로 인수했어요.'

'그게 끝이야? 얼마에 산 건데?'

'대출금 플러스 근처의 작은 빌라 하나로 했어요.'

'자식들은?'

'당연히 아무것도 없죠.'

'징징거리지 않아? 집을 팔자고 하던지 말이야.'

'영감님이 주택연금을 택했어요. 빌라를 담보로 맡기고 10년 간 매달 150만 원씩 받는 걸로요.'

'자식들 카드빚은?'

'몰라요! 알아서 갚겠지요.'

'어쨌거나 여관 건물을 샀다는 거네. 거기 리모델링은?'

현수는 곤혹스러운 순간을 벗어나기 위해 필사적으로 도로 시와의 대화를 유도했다. 그런데 낌새를 눈치 챈 모양이다.

'지금 그것 때문에 바빠요. 그러니까 나중에 보고 드릴게 요, 그럼 저는 이만!'

'도로시! ……도로시!'

'……!'

도로시는 아무런 대답도 없었다.

품 안의 세란은 자꾸 가슴에 얼굴을 비비며 하체를 밀착시킨다. 슬쩍 엉덩이를 뺐는데 뭔가 닿는다.

힐끔 돌려보니 정민이 뒤에 있다. 그 곁에는 서연이 있다.

왼쪽엔 연진이 있고, 오른쪽엔 예린이 포진해 있다. 빠져나갈 구멍조차 없이 완벽히 포위된 상태이다.

'끄응~! 이제 여기 안 온다. 앞으론 악보만 주고 죽이 되든 뭐가 되든 알아서 하라지.'

아주 오래전의 다이안은 그렇게 했음에도 세계적인 그룹이 되어 아흔 살이 되도록 군림했다.

살아 있는 전설로 추앙받았던 것이다.

그러니 오늘처럼 오지랖 넓혔다가 이런 봉변을 당하지 않으려면 여길 오지 않으면 된다.

멤버들과의 포옹은 30분이나 걸렸다.

누가 보면 다섯 미녀 덕분에 행복하겠다고 하겠지만 당사자인 현수는 곤혹스럽기만 했다.

이후엔 전세 역전이다.

현수는 서연, 예린, 정민, 세란, 연진을 쥐 잡듯 잡았다.

누가 원곡자에게 묻지도 않고 마음대로 바꾸었냐고 하면서 작곡 의도를 설명해 주자 모두 고개를 떨군다.

현수의 말이 100번 지당하니 할 말이 없었던 것이다.

그러곤 곧장 재녹음에 들어갔다.

이전의 경험이 있고, 곡 의도를 확실하게 알고 난 후라 녹음 작업은 순조로웠다. 하지만 시간은 오래 걸렸다.

완벽을 기하는 현수가 프로듀싱을 하니 당연한 일이다.

"아니, 아니! 거기서 그렇게 하지 말라니까."

"조금 전에 내가 한 얘기는 어디로 들은 거야?"

"진짜 이렇게 할래? 정신 안 차려?"

"아니, 그렇게 하는 게 아니라니까."

"내가 불러볼 테니 잘 들어 봐."

"정말 이럴 거야? 다들 왜 이래?"

현수로부터 계속 지적질을 당한 멤버들은 의기소침해졌다. 다만 막내인 연진만은 예외이다.

"히잉! 내가 너무 고파서 못 하겠쪄요. 우리 밥 먹고 하면 안 돼요? 연진이 힘이 넘 없어서 픽 쓰러지겠쪄요."

"지금 누가 코맹맹이 소리를 하는 거야? 응? 신곡 녹음하는 게 장난이야?"

"히잉! 우아앙—! 너무 힘들단 말이에요. 아아아앙—!"

연진이 쪼그려 앉으며 울음을 터뜨린다.

김현수 본인은 힘든지도 모르고, 배가 고픈 것도 느끼지 않고 있지만 작업 시작 후 꼬박 10시간이 흐른 상황이다.

말은 안 했지만 다들 힘들어 죽겠지만 억지로 참고 있는 것이다. 강철체력인 현수는 이해하지 못하는 상황이다.

이때 조연 지사장과 조환 실장은 멤버들을 위한 주전부리를 사들고 들어왔다.

"지사장님!"

"네, 대표님."

"멤버들 체력이 너무 약합니다."

"그, 그렇습니까?"

"지금 즉시 29박 30일짜리 해병대 캠프 알아보세요."

"네…?"

"……!"

연진이 울음을 터뜨리자 현수가 다정하게 달래줄 것이라 생각했던 멤버들 모두 화들짝 놀란 표정이다.

현수가 농담하는 것 같지 않아서이다.

"병사들이 사용하는 에어컨 없는 콘센트 막사[22]를 사용하는 캠프가 좋을 거 같아요."

"네에?"

오늘은 7월 30일이다.

연중 가장 더운 계절이고, 며칠째 비가 내리지 않아 모든 게 뙤약볕으로 잔뜩 달궈져 몹시 덥다.

선풍기를 틀어놓으면 뜨뜻한 바람이 나오는 날이다.

그런데 열전도율이 높아 여름엔 찜통이고, 겨울엔 냉동고가 되는 콘센트 막사를 찾아보라고 한다.

---

22) 콘센트 막사 : 퀀셋(Quonset)막사의 잘못된 표현. 함석 등으로 만든 길쭉한 반원형의 간이 건물. 임시시설이기에 냉난방 시설을 하지 않아 여름엔 덥고, 겨울엔 춥다

이 더위에 에어컨조차 없는…!

해병대 캠프 중에서 가장 후진 곳을 찾으라는 것이다.

그런 곳에서 29박 30일 동안 훈련을 받는다면 체력은 좋아질 것이다. 대신 거친 피부와 검게 탄 얼굴이 된다.

그럼 걸 그룹이 아니게 된다.

"연진아! 빨랑 일어나."

서연의 한마디에 쪼그리고 있던 연진이 벌떡 일어선다. 눈물을 흘렸던 흔적조차 없다. 이를 본 현수가 한마디 한다.

"차라리 귀신을 속여! 누구 앞에서 쇼를 해?"

"칫! 냉혈한 같아요!"

"맞아! 너무 냉혹해서 추워요."

"그러게, 연약한 여자가 울고 있는데……."

"치ㅡ, 너무 했쩌요. 우리, 진짜 힘든데."

"치~! 너무 냉정해요. 좀 쉬었다 하면 안 돼요?"

다들 입술을 삐죽이며 한마디씩 투덜거린다.

"웅! 안 돼. 자, 조금 전 그 마디 거기서부터 다시!"

현수의 지시가 떨어지자 멤버들은 다시 노래를 부르기 시작했다. 조 지사장이 사온 떡볶이와 순대, 그리고 김밥은 에어컨 바람에 싸늘하게 식어갔다.

*   *   *

"아까 왜 그러셨어요?"

"마자요! 저희를 정말 죽이려고 작정하신 거죠?"

"이 더위에 해병대 캠프라뇨? 것두 29박 30일이나."

"우리가 무슨 훈련병이에요?"

"네? 말 좀 한번 해보세요."

현수는 쫑알거리는 멤버들을 힐끔 바라보고는 떡볶이를 흡입했다. 그러면서 이 건물에 입주한 분식집 아주머니의 솜씨가 너무 좋다는 생각을 했다.

"츄릅! 츄릅! 후룩! 츄릅—!"

현수가 제 몫의 떡볶이를 흡입하고 있을 때 조 지사장이 돌아왔다.

"대표님! 말씀하셨던 해병대캠프 알아봤습니다."

현수는 듣던 중 반가운 소리라는 표정이다.

"아! 그래요? 어디서 해요?"

"현재 백령도 해병대 6여단 신병훈련소가 혹서기(酷暑期)라 비어 있답니다."

"흐음, 북한과 마주 보고 있는 거긴가요?"

현수의 대꾸에 조 지사장이 크게 고개를 끄덕인다.

"네! 맞습니다. 불고기벙커가 있는 곳이지요."

현수는 하인스 킴이고 남아공 사람이다. 한국인처럼 생겼고, 한국어를 모국어처럼 사용하지만 엄연한 외국인이다.

그런 사람이 한국 군대에 대해 잘 안다면 이상한 일이다.

그렇기에 짐짓 모르는 척하며 반문했다.

"불고기벙커요? 그게 뭐죠?"

"오래전 백령도 해안벙커에서 근무하던 병사 둘이……."

잠시 조연 지사장의 말이 이어졌다.

북한과 첨예하게 대치하던 시절 백령도의 해안경계초소에서 야간 경계근무 중이던 병사 둘이 있었다.

이들 둘은 고된 훈련으로 인한 피로감 때문에 졸고 있었다.

그날 대검과 야전삽으로 무장한 괴뢰군이 침입했고, 졸고 있던 병사 둘은 죽었다.

그러곤 화염방사기로 불을 싸지르고 북한으로 돌아갔다.

얼마나 대검으로 찌르고 삽으로 찍었는지 사체들은 형체를 알아볼 수 없었으며, 벙커 벽에는 여기저기 살점이 달라붙어 그을려 있었다고 한다.

다음 날 밤, 전우를 잃고 분노한 해병대원들은 은밀히 헤엄쳐 북한군 초소로 침입했고, 거기서 열두 명의 목을 땄다.

그 후 해병대 쪽 벙커는 '불고기벙커'라 불리고, 북한 쪽 초소는 '머리 없는 초소'라고 부른다.

조연 지사장의 설명을 들은 다이안 멤버들은 파랗게 질렸다. 불타 죽은 시신과 머리가 잘린 시신을 상상한 모양이다.

"비 오는 날이면 그때 죽은 병사들의 귀신이 훈련소를 돌아다닌다고 합니다."

"그래요?"

현수는 대수롭지 않게 대꾸했지만 멤버들은 아니다. 진짜 귀신을 상상한 듯 벌벌 떤다.

"제가 아는 형님이 거기 여단장님의 참모인데 이야길 하니까 거길 사용하라고……."

"아! 그래요? 진짜 훈련소를요?"

"네! 실제 해단대 신병들이 훈련을 받는 곳이라 조교들이 완전 FM대로 훈련시켜 준다고 합니다."

"FM은 뭐죠? 라디오 방송인가요?"

현수는 또 짐짓 모르는 척해주었다.

"아뇨! FM은 야전교범을 뜻하는 'Field Manual'의 이니셜로 '철저하게 원리원칙을 지킨다'는 뜻입니다."

"그러니까 진짜 군인과 똑같이 훈련을 해준다는 거죠?"

"맞습니다. 훈련 3주차인 지옥주엔 똥물세수까지 확실하게 시킨답니다."

"똥물 세수요? 그건 또 뭐죠?"

현수는 또 모르는 척이다.

"해병대 훈련병들이 사용하는 야전화장실은 드럼통을 반으로 자르고 널판을 올린 간이 화장실이죠. 거기에 약간의 물을 부은 후 그 물로 세수하는 게 똥물 세수입니다."

조연 지사장은 마치 본인이 그런 훈련을 받은 듯 세수하는 몸짓을 한다.

"우욱—!"

"우웨엑—!"

연진과 세란이 토할 것은 헛구역질을 한다. 똥물로 얼굴을 닦는다니 상상도 못할 일이기 때문이다.

그러거나 말거나 현수의 말은 이어진다.

"근데 29박 30일이 가능하대요?"

"그게 그렇게까지는 곤란하고 25박 26일은 가능하답니다. 그다음날부터 신병 훈련이 시작돼서 그렇답니다."

"언제부터 언제까지라고요?"

"8월 3일부터 28일까지입니다."

"흐음! 그럼, 4박 5일이 부족하네요."

현수의 말이 끝나기 무섭게 조연 지사장의 시선이 달력으로 향한다.

6월과 7월, 그리고 8월이 한 장에 표시되는 달력이다.

"그 기간 중 일요일과 광복절 휴일 없이 훈련하면 4박 5일이 채워집니다."

"아! 그래요? 그럼 그게 가능한지 다시 한번 물어봐 주시겠습니까?"

"네, 알겠습니다. 잠시만요."

조연 지사장이 자리를 비우자 다이안 멤버들은 현수 앞에 털썩 무릎을 꿇었다.

"대표님! 잘못했어요."

"맞아요! 연진이에게 시킨 저희가 잘못이에요."

"으앙! 그런 훈련 받으면 저는 주금이에요."

"대표님! 살려주세요. 엉엉! 잘못했쪄요."

세란, 연진, 정민에 이어 서연까지 눈물을 글썽인다. 현수는 아무런 반응도 보이지 않는 예린에게 시선을 돌렸다.

"……!"

털썩—!

벽에 기대어 있던 예린이 쓰러졌다. 기절한 것이다.

불고기벙커, 머리 없는 초소, 그리고 비 오는 날 훈련소를 돌아다니는 귀신 이야기를 들을 때 이미 맛이 가 있는데 아무도 몰랐던 것이다.

"예린! 정신 차려. 예린아—!"

팀의 리더 서연이 예린의 몸을 잡아 흔들었다.

"끄으응!"

예린이 눈을 떴을 때 현수와 시선이 마주쳤다.

"아앙! 너무 무서워요. 거기 보내지 마세요."

벌떡 일어난 예린마저 무릎을 꿇었다.

그녀의 곁에 있던 서연 또한 무릎을 꿇었다. 현수는 얼른 시선을 돌렸다. 보면 안 될 것들이 보여서 그러하다.

손대면 톡하고 터져 버릴 것 같이 잘 익은 수밀도[23] 4개가 보였으니 당연한 일이다.

---

23) 수밀도(水蜜桃) : 껍질이 얇고 살과 물이 많으며 맛이 단 복숭아. 유사어 : 물복숭아

샤워를 하다가 현수가 왔다는 소리에 허겁지겁 나와서 할 것 못해서 그러하다.

"대표님! 정말 열심히 할게요."

"네! 우리 해병대 캠프에 보내지 마세요."

"거기 보낸다면 콱 죽어버릴지도 몰라요."

"대표님! 잘못했쪄요, 다시는 안 그럴게요. 네?"

모두들 필사적이다.

이야기 들은 대로라면 훈련은 훈련대로 엄청 고되고, 밤마다 귀신이 돌아다닌다는 곳에서 잠을 자야 한다.

게다가 훈련 3주차가 되면 누가 싼 건지 알 수 없는 똥오줌으로 세수를 해야 한다. 어찌 필사적이지 않겠는가!

현수는 실소가 터질 것 같았지만 애써 참아냈다.

"약속한 거지?"

"네에!"

이구동성으로 대답하며 고개를 끄덕인다.

"또 잔꾀 부리면……."

현수의 말은 중간에 잘렸다. 서연이 와락 달려들어 현수를 꼭 끌어안았기 때문이다.

"대표님 말씀에 무조건 복종할게요."

서연의 뒤를 이어 세란 또한 달려들며 한마디 한다.

"맞아요! 뭐든 시키는 대로 다 할게요. 해병대 캠프는 제발 보내지 마세요. 넹?"

"저도 뭐든지 다 해요. 저는 대표님… 꺼예요."

연진의 말이었다. 누가 들으면 의심할 말이다.

"뭐라고?"

현수는 무슨 의미냐는 표정을 지었다.

"저는 대표님이 원하는 걸 할 꺼라구요."

"이잉! 나두 나두! 뭐든지 해요. 그러니 봐줘요. 넹?"

모두가 한 마디씩 하며 현수를 부둥켜안는다. 마지막은 정민이었다.

"대표님! 정말 사랑해요. 그니까 그런 거 시키지 마요."

현수는 틈만 나면 달려드는 멤버들을 냅뒀다. 일부러 이런다는 걸 알기 때문이다.

"멤버들! 뭐든 시키는 거 다 한다고?"

"네에—! 뭐든지요."

또 이구동성이다.

"좋아! 그럼 지금 즉시 내 몸에서 떨어져."

"네에~!"

달려들 때처럼 일사불란하게 떨어져 나갔다.

"앞으론 내 몸에 손대지 마. 알았지?"

"……!"

대답이 없다. 이때 조 지사장이 다시 들어왔다.

"대표님! 가능하답니다. 세 번의 일요일과 광복절에도 훈련시켜 준답니다. 다만, 조교들이 쉬어야 하는데 그러지 못하니 맛있는 거나 사주면 된답니다."

"그래요?"

현수는 멤버들에게 시선을 돌렸다. 쌀이 익어서 밥이 다 된 것 같은 게 어쩌려느냐는 표정이다.

"칫! 알았어요."

"저도요!"

"네, 이제 안 그럴게요."

모두가 고개를 끄덕인다.

"지 사장님! 멤버들이 앞으로 열심히 한다고 훈련 보내지 말라는데 어쩌죠?"

"안 되는데……. 저쪽에서 조교들 불러서……."

조 지사장은 짐짓 난처한 표정을 지었다.

사실 지금까지의 대화는 모두 쇼이다.

불고기벙커와 머리 없는 초소, 그리고 밤마다 돌아다니는 귀신과 똥물 세수는 모두 군에서 전해져 오는 괴담이다.

해병대원 둘이 불에 타서 죽고, 북한군 열두 명의 목이 잘렸다면 전쟁이 일어나도 벌써 일어났다.

그럼에도 이런 괴담이 나도는 것은 경계근무를 잘 서도록 하기 위함이다. 근무 중 졸았다간 시체조차 온전히 남길 수 없다는 말을 들었는데 누가 졸면서 근무를 서겠는가!

똥물 세수는 예전엔 있었는지 모르지만 요즘엔 없다.

병역의무를 이행하러 온 남의 집 귀한 자식들에게 어찌 그런 걸 시키겠는가!

여름엔 찜통, 겨울엔 냉동고인 퀀셋막사는 있어도 사용하지 않은 지 오래이다.

현수는 조연 지사장을 보고 살짝 윙크를 했다.

사전에 아무런 언급도 없었음에도 애드리브를 너무 잘 받아주었던 것이다.

"자아! 먹을 거 다 먹었으면 연습 시작해야지?"

"......!"

모두들 대답이 없다. 잠시 쉬기는 했지만 그걸로 해결된 것이 아닌 때문이다.

'폐하! 멤버들 면역지수가 하락했습니다. 심리적 부담과 쌓인 피로물질 때문이에요. 엘릭서를 쓰시죠.'

도로시의 전언이었다.

'그래?'

'폐하와 달리 멤버들은 범인입니다. 폐하와 같다고 생각하시면 안 되지요. 멤버들 신체지수 띄워 드려요.'

'아냐! 미처 생각을 못 했네. 알았어, 근데 엘릭서 있어?'

'네, 일호가 몇 개 보관하고 있어요.'

'멤버들에게 클린봇하고 캔서봇을 투여한 거야?'

'그건 아직이에요. 멤버들이 행사 때문에 하루 종일 돌아다녀서 이호부터 구호가 접촉할 상황이 없었어요.'

'알았어! 일호더러 내 방에 엘릭서 다섯 병 가져다 놓으라

하고, 거기에 클린봇과 캔서봇을 넣어두라고 해.'

'넵! 즉각 시행토록 할게요.'

도로시와 통신을 마친 현수는 멤버들을 살펴보았다. 서연을 비롯한 멤버 모두 피곤해 보이기는 하다.

"좋아! 오늘은 그만하지."

"와아아! 대표님 최고!"

서연과 세란 등이 다시 안겨들라고 한다.

"어허! 조금 전에 내가 뭐라고 했지?"

"…네! 알았어요. 조심할게요."

서연은 물러섰지만 기회가 되면 또 안길 생각이다.

현수의 품에 안기면 아늑하고, 듬직하며, 외부의 그 어떠한 위험으로부터 안전한 듯하다. 그리고 안길 때마다 가슴이 콩닥거리고, 얼굴이 붉어지는 느낌이 좋다.

근육질인 현수의 가슴을 쓰다듬는 느낌 또한 아주 좋다.

멤버들 모두 마약 같은 몸이라고 하였다.

Chapter 13

—

유전자 배열 교정

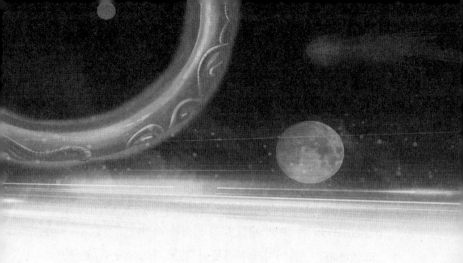

"어머! 이건 뭐예요?"

오늘은 더 이상 녹음작업을 하지 않기로 했기에 멤버들은 모두 현수의 사무실로 올라왔다.

전보다 사무실 살림이 늘어 책상 위에는 노트북이 놓여 있고, 벽에는 대형 TV가 붙어 있다.

이밖에 가습기와 에어컨이 있고, 실내공기 정화식물인 스파티필룸(Spathiphyllum) 화분이 놓여 있다.

그늘에서 잘 생존하며 햇빛이 그다지 필요하지 않고, 한 주에 약 한 차례 물을 주면 된다. 현수가 자주 들르지 않으니 이것을 골라서 들여놓은 것이다.

어쨌거나 사무실엔 7인용 소파가 놓여 있다. 1인용 소파 7개를 상석에 하나, 좌우에 각각 3개씩 배치한 것이다.

가운데 탁자 위에는 크리스털 병 다섯 개가 놓여 있다.

이 병의 외부엔 E—GR이라 쓰인 파란색 글씨가 있다. 누군가의 캘리그래피(Calligraphy) 같은데 멋진 글씨체이다.

GR은 Gene Remediation의 이니셜이다. ‘gene’는 유전자, ‘remediation’은 교정, 개선 등의 의미를 가졌다.

교정(矯正)은 ‘틀어지거나 잘못된 것을 바로 잡는다’는 뜻이 있고, 법률용어로는 ‘재소자의 품성이나 행동을 바로 잡는다’는 의미이다.

다섯 개의 크리스털 병에 쓰인 글씨는 현수에겐 보이지 않는다. 교묘히 돌려놓은 것이다.

“오늘 수고들 했어. 거기 그거 하나씩 마셔!”

“이게 뭐예요? 대표님!”

“그거? 쌓인 피로를 풀어주는 보약이야.”

예린은 현수의 말이 떨어지기 무섭게 크리스털 마개를 뽑고 내용물의 냄새를 맡아보았다.

다들 마개를 빼고 냄새를 맡아본다. 페퍼민트와 바닐라 향이 섞여 심신을 상쾌하게 하는 냄새가 난다.

“흐으음—! 와, 좋다.”

“그거 김빠지면 효과가 줄어드니까 얼른 마셔! 엄청 비싼 거니까 한 방울도 남기지 말고. 알았지?”

"네, 대표님!"

모두가 엘릭서—GR을 말끔하게 비웠다. 그러곤 병을 내려놓는데 현수는 그제야 병의 표면에 쓰인 글씨를 보았다.

'도로시! 이건 유전자 배열 교정까지 되는 엘릭서잖아.'

'맞아요.'

'근데 왜 이걸 준 거야? 이것밖에 남은 게 없었어?'

지난번 상견례 때 E—W를 나눠주었다.

권지현 가족에게 5병, 강연희 가족 6병, 주인철 남매 3병, 박근홍 1병, 민윤서 1병, 조연 가족 7병, 태정후와 이예원 각 1병씩, 마지막으로 김지윤에게 1병을 주었다.

YG—4500이 위성에서 가져온 것은 총 90병이다.

이중 26병을 사용했으니 64병이 남아 있다. 모두 E—W인 것으로 알았는데 그렇지 않은 모양이다.

'E—GR은 총 9병이에요. 그중 셋은 이미 사용했구요.'

'사용했어? 누구에게?'

'권지현, 강연희 님, 그리고 천지건설 김지윤 차장이요.'

'김 차장은 왜? 김 차장에게서 유전적 결함이 발견되었어? 그거 발견하려면 혈액샘플이 필요한데 그걸 구했다고? 언제 그런 검사를 했대?'

'아뇨! 검사를 하진 않았어요.'

'근데 왜…?'

엘릭서 화이트는 정말 귀한 물건이다. 다 죽어가는 사람도

쾌차하게 만드는 것이니 당연하다.

이보다 더 귀한 것이 E−GR이다.

엘릭서 화이트의 병 아래 새겨져 있는 마나집적 마법진 위에 또 하나의 마법진을 입체적으로 새겨야 만들어지기 때문이다.

백마법사인 멀린의 마법엔 생명과 관계된 마법이 별로 없다. 큐어, 힐, 컴플리트 힐, 리커버리 정도이다.

반면 네크로맨서 계열의 리치 '아무리안 델로 폰 타지로칸'과 로렌카 제국의 황태자인 '슐레이만 로렌카'의 흑마법엔 생명과 관련된 마법이 어마어마하게 많았다.

이실리프 제국이 반석 위에 완전히 올라선 후 일선에서 물러난 현수는 남는 게 시간이었다.

하여 결계 안에 들어가 네크로맨서와 흑마법 계열 마법서들을 두루 연구하였다.

그래서 만들어진 마법이 바로 유전자 교정 마법이다.

이 마법이 엘릭서와 결합하자 유전자 이상이 말끔히 수정되었다. 하여 GR이라 이름 붙였다.

그러고 보니 E−GR은 아주 오래전에 현수가 아내들에게 사용했던 슈퍼포션의 업그레이드 버전이다.

슈퍼포션이 제대로 된 효과를 내려면 복용 후 9일간 매일 떡 주무르듯 주무르는 마사지를 해야 한다.

반면 E−GR은 복용만 하면 끝이다.

개인의 신체 상태에 따라 약간씩 다른데, 복용 후 이틀 안에 체내의 모든 노폐물이 빠져 버린다.

물론 고약한 냄새가 날 것이다. 이 과정에서 불필요한 지방 거의 전부가 배출되므로 비만에서도 해방된다.

아울러 이상이 발생된 유전자와 이상이 발생될 확률이 있던 유전자들이 모조리 교정된다.

임신 중인 여성이라면 본인은 물론 태어날 아기의 신체에까지 작용한다. 기형아가 태어나고 싶어도 그럴 수 없는 상황이 만들어지는 것이다.

슈퍼포션은 임신 전에 사용해야 효과를 보지만, E-GR은 발생이 끝난 상태에서도 교정 효과를 보인다.

그 결과 혈우병, 색맹, 대머리 등 모든 유전병으로부터 자유롭게 된다.

E-GR은 엘릭서 화이트에 유전자 교정이라는 특수 효능을 추가한 것이다. 따라서 마시는 것만으로 체내의 모든 질병이 완전무결하게 사라진다.

강연회과 권지현은 현재 임신 중이다. 그렇기에 E-GR을 쓴 게 충분히 납득된다. 그런데 아직 처녀인 김지윤 차장에게 왜 E-GR을 사용했느냐고 물었다.

'전에도 말씀드렸듯이 다이안 멤버 다섯 명과 김지윤 차장은 황비로서의 두뇌와 품성을 모두 갖춘 재원이에요. 그래서 그랬어요. 후세를 생각하셔야죠.'

'끄응~!'

현수는 도로시의 집요함에 두 손 두 발을 다 들었다.

어쨌거나 E-GR은 여덟 병이 사용되었다. 그런데 문득 의심이 든다.

'도로시! E-GR이 또 있는 거 아냐?'

'폐하께서 서클을 회복하시지 않는 한 이 세상엔 딱 한 병만이 남아 있어요.'

'정말이지?'

'제가 거짓말 못하는 거 잘 아시잖아요.'

맞는 말이다. 인공지능이 발달하여 농담을 건넬 수준은 되었지만 현수에게 거짓말은 하지 못하도록 프로그래밍 되어 있다. 하지만 이번처럼 감추는 건 되는 모양이다.

둘 사이의 대화가 오가는 동안 멤버들은 E-GR을 모두 비웠다. 양이 너무 적었는지 혀를 날름거리며 남아 있는 걸 핥는 중이다.

"대표님! 이거 너무 맛있어요. 또 없나요?"

"맞아요! 하나씩만 더 주시면 안 되나요?"

"그게 얼마나 귀한 재료로 만든 건지 알려줄까?"

"네, 이거 뭘로 만든 건가요? 진짜 맛있었어요."

"다들 천종산삼이라는 말 들어봤지?"

"당연하죠! 자연에서 채취된 산삼이잖아요."

세란의 말에 모두들 고개를 끄덕인다.

"자아, 100년 묵은 천종산삼의 가격은 얼마나 할까?"

"예에…? 우리가 먹은 게 그걸로 만든 거예요? 그거 엄청 비싸잖아요."

"맞아! 100년 묵었으면 1억 원도 더 할 걸."

정민이 크게 고개를 끄덕인다. 이때 예린이 후다닥 인터넷 검색을 해본다.

"1억이 넘는 거 맞대!"

현수가 예린을 보며 말을 이었다

"그럼 300년 묵은 산삼은 얼마나 하는지 검색해 봐."

"네에? 이 안에 든 게 그거였어요?"

"헐! 300년이라니! 말도 안 돼!"

100년짜리가 1억이라면 300년 묵은 건 얼마나 할지 감조차 잡히지 않는지 멍한 표정이다.

"참고로, 2007년에 백두산에서 300년 이상 된 산삼이 발견된 바 있어."

"우와~! 정말요?"

"300년 이상이요? 와아아!"

다들 놀랍다는 표정이다. 그러거나 말거나 현수의 말은 이어진다.

"그게 300만 위안에 매각되었대. 당시의 한국 돈으론 약 3억 7,000만 원 정도였지."

"그거 산 사람이 바로 먹었대요?"

"아니! 300만 위안에 사간 사람은 실수요자가 아닌 중간상인이었어."

"우와! 그럼 훨씬 비싼 가격에 넘겼겠네요."

"아무래도 그렇겠지?"

이쯤에서 잠시 말을 끊자 멤버들이 와글거린다.

"10년쯤 전의 3억 7,000만 원은 지금 얼마나 될까?"

"바부야! 그 가격에 팔렸지만 중간상인이라잖아."

"맞아! 그 사람들 상술이 대단하다는데 한 3,000만 위안에
팔리지 않았을까?"

"헐! 그럼 37억 원?"

"바부야! 10년 전에 37억 원이면 지금 얼마겠냐?"

"으음! 한 50억 원쯤…? 아닌가?"

"헐! 그럼 우리가 최하 10억 원 어치씩 먹은 거야?"

멤버들은 요 대목에서 말을 딱 끊었다. 그러곤 현수를 바라
본다. 진실을 말해달라는 뜻이다.

'도로시! 엘릭서 한 병의 가치는 얼마나 될까?'

'중병에 걸린 돈 많은 부호나 기력이 떨어진 아랍의 왕족,
또는 건강에 관심이 많은 세계적인 재력가를 만나면 부르는
게 값이겠죠?'

'그래도 대략적인 가치를 한번 판단해 봐.'

'2011년 10월에 사망한 애플의 CEO 스티브 잡스에게 1억
달러를 내라고 하면 안 줬을까요?'

'……!'

'기력이 다해서 오늘내일하고 있는 태국의 푸미폰 아둔야 뎃 국왕은 얼마를 줄까요?'

'2015년 1월에 폐렴에 걸려 타계한 사우디아라비아의 압둘 라 빈 압둘아지즈 아사우드 국왕은 어땠을까요?'

현수는 대꾸하지 않았다. 방금 언급된 사람들이라면 값을 따지지 않았을 것이기 때문이다.

'E―W만 해도 1,000억 원이라면 충분히 줄을 설 걸요. 그런 데 E―GR은요? 2,000억 원도 충분히 받을 수 있을 거예요.'

현수가 고개를 끄덕일 때 도로시의 말이 이어진다.

'국내 모 재벌가엔 유전병이 전해져요. 샤르코 마리 투스 증후군[24] 이라는 병이죠.'

'알아! 뉴스에서 본 적 있어.'

'그 집안에 딱 하나 남은 E―GR을 팔겠다고 하면 얼마 낼 까요? 아마 집안 식구들끼리 서로 사겠다고 멱살잡이를 하다 가 경매하자고 할 걸요.'

'알았어. 그만!'

엘릭서는 가치를 추정하기 어렵다.

무협소설에 등장하는 몇 만년 묵은 용의 내단과 비슷한 가 치를 가진 것으로 생각하면 된다. 그렇기에 반짝이는 눈빛으

---

24) 샤르코 마리 투스 증후군(Charcot Marie Tooth disease) : 염색체에 서 일어난 유전자 중복으로 인해 생기는 유전성 질환. 손과 발의 말초신 경 발달에 관여하는 유전자가 돌연변이 되어 샴페인 병을 거꾸로 세운 것과 같은 모습의 기형을 유발한다

로 자신을 보고 있는 멤버들에 이야기했다.

"오늘 또는 내일은 침대 위에 반드시 비닐을 깔고 자. 안 그러면 매트리스를 버리게 될 테니까."

"왜요?"

"조금 전에 마신 건 300년 이상 묵은 천종산삼에 각종 귀한 약재를 섞어서 만든 거야. 그걸 마시면 체내의 모든 노폐물이 빠지는 데 그거 냄새가 아주 고약해."

모두들 '리얼리(Really)?'라는 표정이다. 그러거나 말거나 현수의 설명은 이어졌다.

"그 약은 체내의 불필요한 지방 또한 노폐물로 여겨서 그것도 배출시킬 거야. 그게 산소와 결합하면 엄청 꾸리꾸리한 냄새를 풍겨. 그러니까 반드시 비닐을 깔고 자."

"옷을 입고 자면 다 버릴 테니 홀랑 벗고 자야겠다."

세란은 모두의 눈총을 받았다. 그런 부끄러운 말을 왜 대표님 앞에서 하느냐는 표정들이었다.

"오늘과 내일 이틀만 그런가요?"

정민의 물음이다.

"아마도! 혹시 모르니 글피까지 그러던지."

"그밖에 다른 효능은 없나요?"

예린은 엄청 비싼 약재들이 들어갔다는데 효과가 조금 적다고 느낀 모양이다.

"피부도 엄청 좋아질 거야. 잡티가 모두 사라지니까."

"또요."

"신체의 모든 불균형이 바로 잡히지. 얼굴과 신체의 비대칭이 고쳐지고, 비율 또한 좋아질 거야."

"정말요? 그럼 짝궁둥이도 고쳐져요?"

"정민이 짝궁둥이였어?"

*   *   *

말을 하며 무의식적으로 정민의 둔부에 시선을 주자 화들짝 놀라며 몸을 비튼다.

한쪽이 미묘하게 밋밋한 걸 들키기 싫은 것이다.

"정말이죠? 정말 불균형이 모두 잡혀요?"

예린은 슬쩍 가슴을 가린다.

좌우 가슴의 크기가 약간 다르다는 건 멤버들도 모른다. 늘 따로 씻기 때문이다.

목욕탕이나 온천에 같이 간 적이 없으니 아무도 모른다.

하지만 이게 늘 신경이 쓰였던 듯하다. 현수가 어찌 이를 눈치채지 못하겠는가!

흔쾌히 고개를 끄덕이며 대꾸해 주었다.

"당연하지, 궁둥이뿐만 아니라 가슴도 완벽해질 거야."

현수의 시선이 가슴을 스치자 예린은 몹시 부끄럽다는 듯 얼굴이 붉어진다.

멤버들은 앞 다퉈 이것저것을 물었고, 현수는 웃음 띤 얼굴로 하나하나 대답해 주었다.

그러는 동안 뭐가 고민이었는지 대략은 알 수 있었다.

"멤버들은 이제 혈관과 관련된 질병에 걸리지 않을 거야. 그리고 암에 걸릴 확률도 엄청 낮아지지."

방금 전에 마신 E—GR엔 클린봇과 캔서봇이 들어 있었다. 그래서 이런 설명을 덧붙인 것이다.

"와아! 진짜 엄청 비싼 약재가 들어갔나 봐요."

"그래! 어마어마하게 비싼 게 들어갔지."

현수가 고개를 끄덕이자 세란이 묻는다.

"진짜 가격은 얼마나 해요?"

"왜? 돈 주고 사게?"

"그렇게 좋은 약이면 돈 벌어서 사고 싶어요."

"근데 어쩌지? 너무 너무 비싸서 돈이 아무리 많아도 못 살 거 같은데."

"설마 100억도 넘고 막 그러는 거예요?"

손예진의 리즈시절과 닮은 연진이 순진한 표정을 지었다.

이쯤 되면 더 이상의 질문을 막아야 한다.

"우리가 아일랜드 데프 잼에서 계약금을 얼마나 받았지?"

"3,000만 달러요!"

"맞아! 그게 한화로 363억 6,000만 원이었는데 회사에서 멤버들에게 얼마를 지급했지?"

"21억 원씩 105억 원이요."

멤버들 모두 아주 자랑스럽다는 표정이다.

세계 최대 음반사인 아일랜드 데프 잼 레코딩스에서 20집까지 내는 조건으로 363억 6,000만 원을 계약금으로 받은 바있다. 그리고 멤버 모두 전속 계약금으로 21억 원씩 받았다.

이 두 가지 사실은 방송가를 강타했고, 언론에 보도되어 많은 이들의 부러움을 샀다.

그 후 멤버들은 어디에 가서도 결코 꿀리지 않았다.

선배 가수들은 물론 방송국 관계자 모두 부러워 죽겠다는 표정으로 바라보니 그럴 일이 없었던 것이다.

그것만 생각하면 자신들의 가치가 상승한 것 같아서 아주 자랑스럽게 여기는 중이다.

"그럼 얼마가 남았을까?"

"243억 6,000만 원이요."

암산이 주특기인 예린의 대답이다.

"맞아! 그 돈 중 43억 6,000만 원 정도를 썼다고 해. 그럼 얼마가 남았지?"

실제로도 상당히 많은 돈을 썼다.

멤버들이 타는 익스플로러 밴은 1억이 넘는다.

숙소 인테리어 비용은 이보다 더 들었다. 이밖에 의상비 등이 사용되었고, 메이크업 비용도 많이 들었다.

"200억 원이요."

"잘 아네, 근데 그게 이제 없어."

정민이 의아한 표정을 짓는다. 어디에 돈을 썼는지 말하라는 뜻이다.

"멤버들을 위해 귀한 약을 구하느라 다 써서."

"어머! 저, 정말요⋯?"

서연이 놀란 표정을 짓는다. 왜 이런 말을 했는지 이제야 이해한 것이다.

"그, 그럼 우리가 마신 게 하나에⋯⋯."

"헉⋯! 40억 원짜리였어?"

다들 놀란 표정으로 입을 막는다. 그러곤 서로의 눈치를 본다. 방금 들은 말이 사실인지를 확인하는 것이다.

그러다 현수와 시선이 마주쳤는데 그만 고개를 끄덕이고 말았다. 그와 동시에 다섯의 입에서 방언이 터져 나온다.

"대표님! 죽을 때까지 사랑할게요."

"대표님! 뭐든지 다 드릴게요."

"대표님! 시키시는 건 뭐든지 다 해드릴게요."

"대표님! 평생 요리해드리고, 빨래도 해드릴게요."

"대표님! 절 아무 때나 가지셔도 돼요."

다들 뭐라 뭐라 떠드는데 말소리가 섞여서 분간하기 쉽지 않았다. 다만 맨 마지막 말만은 제대로 들었다.

하여 뭐라고 하려는데 또 와락 안기려 한다.

"또, 또⋯! 내가 아까 뭐라고 했지?"

"네……?"

"아까 내 몸에 손대지 말라고 했지?"

다들 깜박 잊었다는 표정이다.

"근데 세란인 왜 입술을 삐죽 내밀고 달려들어?"

"정민아! 옷 좀 제대로 여며."

"서연아! 너, 브라우스 단추 풀렸다."

현수는 멤버들 하나하나의 행동을 지적해 주었다.

틈만 나면 달려드는 이 습관을 한시라도 빨리 고치지 않으면 오해를 사기 십상인 때문이다.

하여 이런저런 이야기를 해주었다.

남들 눈이 있으니 앞으로는 와락 안기는 모습은 안 보였으면 좋겠다고 하였다. 혹여 기레기들의 눈에 뜨이기라도 하면 시답지 않은 스캔들 기사가 보도된다고 하였다.

소속사 사장이 연예인들을 성적 노리개로 여긴다는 내용의 기사가 나가면 부모님이 어찌 생각하겠느냐고 물었다.

아울러 대중들의 시선이 싸늘하게 바뀌면 다시 아무도 불러주지 않는 세월을 보내야 하는데 그걸 원하느냐고 물었다.

다들 고개를 저었다.

이제 간신히 중고신인의 티를 벗고 탑의 자리에 올랐기 때문이다. 하지만 눈빛은 바뀌지 않았다.

다른 기획사 대표들이었다면 자신들의 이런 행동을 얼씨구나 하며 반겼을 것이라는 걸 잘 알기 때문이다.

진심으로 자신들을 걱정해 주고, 배려해서 하는 말이다.

현수는 앞으론 주의해 달라고 이야기했다.

멤버들은 머리로는 이해하지만 가슴이 안 그런다면서 투덜거렸다. 그래도 고쳐보겠다는 약속은 받아냈다.

*   *   *

현수는 모니터에 시선을 두고 있다.

요즘엔 유튜브에 업로드된 것뿐만 아니라, 세계 각지의 병원에서 실제로 수술했던 장면들도 두루 섭렵하는 중이다.

이를 보면서 하나 깨달은 것이 있다.

이전의 자신은 미라힐 시리즈와 컴플리트 힐과 리커버리 마법으로 너무 쉽게 치료를 해냈다는 것이다.

수술 장면을 보면서 의사들이 질병이나 부상으로부터 생명을 구하기 위해 얼마나 노력하고 있는지를 알게 되었다.

방금 본 동영상은 심장수술에 관한 것이다.

당연히 출혈이 발생할 수밖에 없는데 환자의 혈액형이 AB형이다.

흔하지 않은 혈액형이라 '자가 수혈 수술'이 시도되었다.

수혈을 하는 가장 큰 이유는 수술 과정에서 흘리는 피를 보충하기 위함이다. 이때 자신이 흘린 피를 모아서 다시 체내로 주입하는 것이 바로 '자가 수혈'이다.

아무리 혈액형이 같더라도 다른 사람의 피가 몸에 들어오면 크고 작은 거부반응이 발생할 수밖에 없다.

수혈 받은 혈액을 세균이나 바이러스 같은 이물질로 보고 체내 면역세포가 이를 공격하기 때문이다.

수혈과 관련한 대표적인 거부반응으론 발열이나 두드러기 등의 알레르기 증상이다.

또한, 수혈 받은 피가 체내에서 덩어리져 혈관을 막는 것도 면역 거부반응의 일종인 것으로 밝혀졌다.

자가수혈은 이런 거부반응이 없다는 장점이 있다.

그런데 자가수혈이라고 해서 외부로 나온 피를 몽땅 회수하여 주입하는 것은 아니다.

수술 중 발생한 혈액을 모아 원심분리기로 돌려 적혈구 및 백혈구, 혈소판 등으로 분리한 뒤, 혈액에서 적혈구를 분리하여 재주입하는 장비가 있다.

이를 '원심성 세포 세척장치[25]'라고 부른다. 이 장비는 '골든타임'이라는 메디컬 드라마에도 등장한 바 있다.

극 중 최인혁 교수는 환자의 몸에서 빠져나간 혈액을 다시 모아 수혈할 것을 주장했다.

'감염의 위험'은 있지만 적어도 수술 자체를 진행시킬 수

---

25) 원심성 세포 세척장치(centrifugal cell washing apparatus) : 수술 중 나온 혈액을 수거, 보존하여 필요한 때 환자에게 수혈해주기 위한 목적으로 개발된 장치. 동의어인 셀 세이버(Cell Saver)는 이 장치를 생산한 회사의 상품명

있기 때문에 사용해야 한다는 것이다.

현수는 이 장비를 주의 깊게 살펴보았다.

헌혈하는 사람이 갈수록 줄어들고 있다. 그리고 타인의 혈액을 수혈 받으면 부작용이 발생될 수 있다.

그래서 이 장비의 개선을 고려해 본 것이다.

'정화마법진이 딱이군!'

이 장비에 정화마법이 적용되면 환자의 몸에서 나온 혈액에 세균이 침투하는 걸 막을 것이다.

최인혁 교수가 언급했던 감염의 위험이 제거되는 것이다.

정화마법은 이밖에 다른 효능도 보인다.

혈액 속 HDL콜레스테롤, 중성지질, LDL콜레스테롤, 혈당량, 당화혈색소 등을 정상범위 내로 되돌린다.

뿐만 아니라 백혈구와 적혈구의 양도 조절되며, AST[26], ALT[27], GGT[28] 등 모든 효소의 농도가 조절된다.

다시 말해 정화마법으로 인해 환자의 몸에서 빠져나온 피가 이상적인 상태로 변하게 된다.

참고로, 체중 60㎏인 성인남자는 약 4.8l 정도의 혈액이 몸속을 순환하고 있다.

---

26) AST(aspartate aminotransferase) : 간세포와 심장세포 등에 존재하는 효소. 간세포가 손상을 받는 경우 농도가 증가함

27) ALT(alanine aminotransferase) : 간세포 안에 존재하는 효소. 간세포가 손상을 받는 경우 농도가 증가함

28) GGT(gamma-glutamyl transferase) : 간 내의 쓸개관에 존재하는 효소. 쓸개즙 배설 장애가 있을 때 주로 증가함

이 사람이 수술 중 1.5ℓ 정도의 혈액을 흘렸고, 모두 원심성 세포 세척장치에 모아져 정화되었다면 약 30% 정도의 혈액이 가장 이상적인 상태가 되어 되돌아오게 된다.

그 결과 수술 받기 이전보다 훨씬 더 건강해질 수도 있다.

'근데 정화마법과 보존마법은 일반 수혈용 팩에도 가능하지 않을까?'

헌혈 받은 혈액은 꽁꽁 얼려서 보관해도 1년이 지나면 모두 폐기된다. 1~6℃로 보존된 전혈[29]은 채혈 후 35일이 지나면 폐기되도록 규정되어 있다.

이 혈액을 담은 팩에 보존마법과 정화마법을 적용하면 보존 기간이 대폭 늘어나게 된다.

마나 소모량 대비 마법 효과가 좋은 이실리프 학파의 보존 마법진이 그려진다면, 상온(20±5℃)에 둬도 10년 정도는 끄떡 없을 것이다.

정화마법진은 간염, 후천성면역결핍증, 패혈증 환자의 혈액 도 이상적인 상태가 되도록 하니 둘이 같이 적용되면 시너지 효과를 기대할 수 있다.

'이건 괜찮을 거 같네.'

현수는 저도 모르게 고개를 끄덕였다. 꽤 쓸 만한 생각이라고 스스로 인정한 것이다.

---

29) 전혈(whole blood) : 적혈구, 백혈구, 혈장, 혈소판 등 혈액의 전체 성분을 헌혈 받은 혈액

이때 상념을 끊는 도로시의 음성이 있다.

"지금 바쁘신가요?"

"아니! 뭔 용무 있어? 참, 요즘 의사들 돈 많이 버나?"

"넵! 데스봇과 변형 캔서봇 덕분에 마대자루에 쓸어 담는 중이에요."

"그래? 환자가 많이 늘었다는 거지?"

"많이 정도가 아니라 왕창입니다."

"근데 기존 암 환자들에게 피해는 안 가는 거야?"

"그렇지 않아도 그거 때문에 의논했으면 해요."

"그래? 뭔데?"

"갑작스레 돈 있고 힘 있는 놈들이 병실을 차지하면서 기존 암 환자 등이 병실 밖으로 밀려나고 있어요."

"뭐야? 병실 밖? 그럼 복도로…?"

"아뇨! 강제 퇴원을 당하고 있다는 뜻이에요."

"뭐야? 방금 뭐라고 했어?"

현수의 음성이 높아진다. 몹시 마음에 안 든다는 뜻이다.

"병원에 입원해 있던 일반 환자와 기존의 암 환자 중 일부가 집으로 쫓겨나고 있다고요."

『전능의 팔찌』 2부 6권에 계속…